젊은 시인의 교실 2
원더풀

젊은 시인의 교실 2

원더풀

초판 1쇄 인쇄_ 2020년 02월 15일 | **초판 1쇄 발행_** 2020년 02월 20일
글쓴이_학남고 학생들 | **엮은이_**김미향 | **펴낸이_**진성옥 외 1인 | **펴낸곳_**꿈과희망
디자인·편집_윤영화
주소_서울시 용산구 한강대로 76길 11-12 5층 501호
전화_02)2681-2832 | **팩스_**02)943-0935 | **출판등록_**제2016-000036호
E-mail_ jinsungok@empal.com
ISBN_979-11-6186-078-7 43810

젊은 시인의 교실 2

원더풀

학남고 학생들 씀
김미향 엮음

꿈과희망

들어
가며

"꼭 맞는 옷을 입었구나."

내가 국어 교사가 되었을 때, 사람들이 내게 말했다. 학창 시절 책 읽기를 좋아했다. 글쓰기도 좋아했다. 발표를 자주 하고, 가끔 시를 썼다. 하지만 나는 교사의 길을 생각해 보지 않았다. 성적에 맞춰 대학에 가고, 교사가 되었다. 나는 내 옷이 마음에 들지 않았다. 너무 평범해 보였다. 다른 옷들에 눈이 갔다. 자꾸 다른 옷을 입고 싶었다.

달이 가고 해가 가고, 강산이 변했다.

나는 내 옷이 참 마음에 든다. 평범해 보이는 내 옷은, 자세히 보면 일곱 빛깔 무지개색이다. 아니, 경계를 나눌 수 없는 수만 가지의 색을 갖고 있다. 명도와 채도가 각기 다르다. 볼 때마다 새로운 빛을 띤다. 색감들이 서로 묘하게 어울린다. 있는 그대로의 빛과 색도 예쁘지만, 만질수록 더 놀라운 모양새로도 변한다. 늘 새로운 새 옷이다.

나의 옷, 바로 아이들이다.

국어 교사로 아이들을 만나며 나는 내가 할 수 있는 일, 내가 하고 싶은 일이 무엇인지를 알게 되었다. 그것은 그들의 빛깔과 무늬를 자세히 살펴보는 것, 알아봐 주는 것, 그들이 저들 스스로 자신의 빛과 무늬를 알고 나타낼 수 있게 하는 것, 서로 어울릴 수 있게 하는 것, 새로운 빛깔을 만들어 낼 수 있게 하는 것이다. 감상과 창작을 기저로 한국어 수업의 많은 부분을 나는 들여다보고 만들어 내기로 꾸몄다.

지난해는 고2를 맡아 '문학'과 '매체'를 수업했다.

두 과목 모두 들여다보기와 만들어 내기에 유리했다. '문학'에서는 '젊은 시인의 교실'이라는 이름으로 시 감상과 창작을, '매체'는 '호모크리에이터스'라는 이름으로 유튜브 분석과 제작을 하였다. 수업의 전 과정이 수행평가와 연관되었지만, 아이들의 글과 노력은 어느새 평가를 초월해 있었다. 아이들은 자신과 세상을 돌아보는 일에, 제작 과정 그 자체에 몰입하여 발견, 공감, 창조를 이끌어 내려고 하였다. 열 개 학반 아이들의 학습지를 검사하는 일은 꽤 고단하였지만, 아이들의 멋진 생각을 발견하고 공감하며 함께 고민하는 일이 나는 아주 많이 기뻤다.

나의 옷, 실은 나는 너무 무거운 옷을 입고 있다.

함께 고민하고 만들고 다듬으며 나는 이전보다 아이들을 깊이 알게 되었다. 아이들을 보면 나는 아이들의 시가 떠오른다. 교실에서 만나는 서른 개의 얼굴들은 서른 개의 시와 상황으로 내게 그려진다. 짧은 인사를 나누며 아이가 지나간 복도에서 나는 아이가 지닌 생각과 고민이 떠올라 발을 떼지 못한다. '선생님, 여기서 어떻게 할까요?'에 대한 답을 찾지 못해 더 나은 '어떻게'를 위해 함께 끙끙거린다. 그렇게 내 옷에는 삼백여 명의 아이들이 주렁주렁 매달려 있다.

이 책은 참 예쁜 내 옷을 나만 입고 있기 아까워서 내는 것이다.

너무 무거운 옷을 잠시 내려 놓고 싶어서이기도 하다. 나 혼자 걸치고 있어서 보지 못했던 아름다움이 독자의 눈을 통해 제 빛과 색을 찾을 수 있게 될 것이기 때문이다. 1부는, '가만히 들여다보다'를 주제로, 대상을 자세히 관찰하고 다시, 다르게, 새롭게 본 경험을 시로 풀어 내었다. 2부는 '세상과 시'를 테마로, 신문 기사를 읽고 그에 대한 자신의 생각과 느낌을 시의 형식을 빌어 썼다. 3부는 '선배가 쓰고 후배가 말하다'라는 수업명으로 진행했는데, 3학년 학생들이 2학년 때 쓴 시를 지금 2학년인 학생들이 읽고 감상을 더했다. 그리고 후배의 감상에 선배가 다시 자신의 생각을 표했다. 짧은 '시 토크'인 셈이다.

모든 글들은 사랑하는 나의 제자, 참 좋은 내 친구들, 학남고 학생들이 썼다.

2학년 학생들이 주로 수업 시간에 썼고, 자신의 글을 읽어 주는 독자의 존재에 기뻐하며 3학년 학생들이 포스트잇에 손편지를 더했다. 책으로 낼 줄 모르고 보관하지 않은 원본들이 많다. 그것들은 세상에 드러내지는 못했지만, 자신을 표현하고 서로의 끈을 이어 주는 역할은 충분히 했을 것이다.

본 책에 앞서 5권의 책이 세상에 먼저 나왔다.

《수능은 싫지만 할인은 받고 싶어》,《내가 아닌 당신을 위해 꽃 피워줘요.》,《%요일》,《그대에게 열여덟을 드립니다》,《다시 부는 바람》으로 두 반씩 묶어 낸 수업 시집이 바로 그것이다. 반별 편집 위원을 중심으로 낸 책들은 글만큼이나 표지, 디자인도 예뻤다. 반 친구들을 위해 책을 만드는 그 마음들이 예뻤기 때문이다. 출판을 앞두고 가장 힘들었던 부분은 저작권 동의를 구하는 것이었다. 2부의 글들은 모두 해당 매체의 동의를 구했는데, 기자님께, 저작권 담당자에게, 회사에, 전화로, 문자로, 메일로, 공문으로 동의를 구하면서 시간과 정성을 많이 쏟았다. 그리고 애씀을 알아 주시는 분들로 이 책이 나올 수 있었다.

글을 쓴 학남고 학생들, 책을 만드는 데 애쓴 편집 위원들, 출판을 응원해 주신 교장·교감 선생님을 비롯한 학남고의 많은 선생님들, 수업과 책에 관심을 보여주시는 '2Q10'의 선생님들과 가족들, 기사문 사용을 허락해 주신 기자님과 신문사, 출판 선정을 해 주신 대구교육청과 이를 기뻐해 주신 '꿈과희망', 그리고 그밖에 책 탄생에 이르도록 도와주신 모든 분들께 감사드린다.

올해도 내 옷의 빛깔을 찾고 가꾸기 위해 기쁘고 괴로운 몸짓을 계속하겠다.

2020년 2월
김미향

차
례

chapter 2 세상의 크기

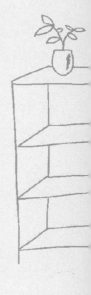

chapter 3 　참 닮은 우리

chapter 1

암호는
떡볶이

나만

강다은

진로 선생님께서 주신 종이
그제서야 생각해

아, 간호사 될까?
근데 환자한테 화내면 어떡해

아, 수의사 될까?
근데 성적이 안 되는데 어떡해

아, 경찰 될까?
근데 다치면 어떡해

결국 적는 건
장래희망 '없음'

남들은 내게
아직 꿈이 없어?
여태 뭐 했어?

그러게, 나 여태 뭐 했지?
지나간 날들을 붙잡고 싶어

나만 이런가
나만 멈춰 있나 봐

작가의 말

나는 몇 년째 꿈을 정하지 못하고 고등학교 1학년 때까지 막연히 많은 사람들이 희망하는 '간호사'를 적어서 냈다. 2학년이 되니 주변 친구들은 대부분 꿈이 있고 그 꿈을 이루기 위해 저마다 노력을 하고 있다. 나만 그 자리에 멈춰 있고 친구들은 나아가고 있다는 생각을 하니 초조하고 허무하다. 다른 사람 때문이 아닌, 내가 만든 이유 때문에 꿈들을 포기했던 내가 너무 답답하고 후회스럽다. 다른 사람들은 내 심정을 모르고 꿈이 없다는 사실에 나를 한심하게 본다. 그럴 때마다 '나만 이런가?'라는 생각을 하게 되었고 점점 내가 가라앉는 기분이 들어서 이 시를 쓰게 됐다. 이 시를 쓰면서 자아성찰이라는 것도 해 보았고 이제는 나아가자고 다짐도 했다. 의미 있는 시간이었다.

위로의 말

신홍희

왠지 모르게 혼자 화가 나고
내 스스로가 싫어서
도망치고 싶은 날이 있었다

그런 내게, 엄마는 말했다

힘내라고,
괜찮다고,
앞으로 잘하면 된다고

그 말들을 찢고 싶었다

그 말들이 꼭
내가 힘이 없고 괜찮지 않다고
쾅 하고 도장을 찍는 것 같아서

작가의 말

다른 사람은 나에게 아무 짓을 하지 않았지만 나의 할 일이 너무 많아서, 나 혼자 생각이 많아서, 여러 가지 이유들로 우울하고 화가 나는 날이 있다. 그때 엄마는 내게 항상 괜찮다고, 힘내라고, 앞으로 잘하면 된다고 말을 해 주시곤 한다. 정말 고마운 위로의 말들이지만 그 말이 정말 내가 힘이 빠져 보이고 괜찮지 않다고 단정지어 버리는 것 같아서 너무 싫었다. 위로의 의미는 따뜻한 말이나 행동으로 괴로움을 덜어 주거나 슬픔을 달래 주는 것인데 위로로 인해서 마음이 더 가라앉게 되는 경우도 있는 것 같다.

손톱

조혜윤

누군가 내게
"당신은 그를 얼마나 사랑하나요"
묻는다면

나는 외면하며
"손톱만큼요"

하지만
잘라내고 잘라내도
평생 자라고야 마는
내 손톱을 보고

마음이 저려
펑펑 울지도

작가의 말 🖋

책상에 앉아 어떤 주제를 쓸까 생각하다가 습관적으로 손톱 주변의 거스러미를 뜯었다. 그리고 나선 손톱을 빤히 쳐다보니 사연이 많은 아이였다. 손톱을 아무리 짧게 잘라도, 그래서 어느샌가 길었던 손톱이 사라져 있어도 계속해서 다시 생겨나는, 자라나는 내 손톱이 내 마음과 많이 닮아있었다. 사랑하는 사람과 이별하고 난 후 마음에 남은 무언가는 아무리 없애려고 애써 봐도 사라지지 않는다. 그게 미련이더라. 하지만 다 없애고 싶지는 않은 게 또 미련이더라.

방문

김현아

넓은 나의 방
가득 찬 적막

굳게 닫힌 문
공부하는 나

과일 깎아
주시던 아빠

수다 떨며
웃음 짓던 엄마

장난치며
즐거워하는 동생

이제는 없어진
온기들

나만 힘들어
나만 혼자야

방문을 여니

어서 와, 현아야
누나 여기 앉아 봐

이제야 느껴지는
우리 가족

작가의 말

밤새워서 시험공부를 하며 문득 '우리 집이 언제부터 이렇게 조용했나.'하는 생각이 들었다. 예전에는 아빠가 깎아 주신 과일을 먹으면서 엄마와 수다도 떨고 동생이랑 장난도 쳤었다. 그렇게 삭막해진 마음으로 방문을 열었는데 엄마, 아빠의 웃음소리가 들려왔고 나를 반기는 동생의 얼굴이 보였고 예전 그대로인 우리 가족이 보였다. 그때 나는 내가 우리 가족과 단절된 것이라고 느꼈다. 사실은 공부와 많은 수행평가가 단절의 근본적인 원인이지만 그것을 하기 위해 방에 있음으로써 방이 나를 가족과 단절시킨 것이라고 생각했다.
이 시를 쓰면서 바쁜 고등학교 생활에 익숙해져 가족의 소중함을 잃지 말자고 다짐했다. 이 시를 읽는 사람, 특히 중, 고등학교 학생들도 가족과의 시간을 소중히 여기면 좋겠다.

숨바꼭질

박소민

꼭꼭 숨어라
머리카락 보일라

어린아이처럼
해맑게 웃던 너
지금은 어디 숨어 있어?

너무 꽁꽁 숨어
숨소리 들리지 않아
너무 꼭꼭 숨어
웃음소리도
더 이상 들리지 않아

해맑게 웃던 너
지금 어디 숨어 있어?

해맑게 웃던 나
지금 어디 숨어 있어?

못 찾겠다
꾀꼬리

작가의 말

누구에게나 해맑게 철없이 웃던 시절이 있다. 물론 나도 있다. 바쁜 일상에 치여서, 힘든 일
상에 고군분투하며 살아가는 현대인, 특히 고등학생을 보며 이 시를 쓰게 되었다. 시험 기
간에 반을 둘러보면 친구들은 피곤에 절어 웃음기를 잃고 있다. 나름대로의 힘든 시간을
보내면서 그 과정에서 웃음을 잃어가고 있는 것이다. 이 시를 통해 철없이 해맑게 웃던 우
리를 되찾자, 그래서 우리 같이 그 해맑게 웃는 모습으로 돌아가 보자는 말을 친구들에게
해 주고 싶었다.

엄마꽃

박지윤

엄마란 이름으로 포기해야만 했던
그 많은 것들
어떻게 견뎌왔나요
날 피우기 위해 당신의 눈엔
얼마나 많은 빗방울들이 오갔을까요.

나에게 물을 주러 다가온 순간들
내 모진 말들에
얼마나 많은 생채기들이 생겼을까요.
당신은 시간과 몸과 마음을 내게 내어 줬는데
나는 과연 당신께 무얼 드렸나요.

나는 당신을 삼키고 삼켜
이렇게 예쁘게 피었는데
당신은 왜 지금 시들고 있나요.
당신의 이름을 부를 때면
내 마음속 바다가 출렁이어요.

아름답고 소중한 당신
이젠 제가 당신께 나를 내어 줄게요.
나의 모든 잎들을 가져가 줘요.
내가 아닌 당신을 위해 꽃 피어 줘요.

나의 전부를 드려도 갚을 수 없는
당신을 위한 내
작은 선물이에요.

작가의 말

요즘 육아로 인해 힘들어하는 어른들의 모습들을 종종 봤다. 사촌 오빠의 집에 놀러가니 사
촌 오빠와 올케 언니가 잠을 못 자고 아이를 달랬고, tv 속 육아 프로그램에서 힘든 육아에
눈물을 보이는 부모들의 모습, 아이를 돌보느라 친구와의 약속을 취소하는 모습도 보였다.
그런 모습들을 보니, 우리 부모님이 생각났고 '우리 엄마 아빠도 그랬겠지……'란 생각이
들었다. 생각해 보니, 나를 키우면서 힘들었을 옛날, 엄마 아빠의 2-30대, 그리고 나의 짜
증 섞인 행동들이 떠올랐다. 그러면서 엄마 아빠에 대한 감사함도 커졌고 죄송한 마음도 들
었다. 지금도 아름답지만, 무척 아름다웠던 엄마의 꽃 시절을 돌려 주고 싶다.

플레이리스트

염한나

플레이리스트 구석
먼지투성이 반가운 노래들

뽀시래기 시절
졸라서 받은 mp3
〈I don't care〉

그 시절 나의 전부였던
엄마의 컬러링
〈비가 오는 날엔〉

버튼을 누르면
재생되는 나의 2012년

그때의 기분과 풍경
냄새를 불러오는
나의 타임머신

2012년의 내가 되는
낡고 행복한 3분

작가의 말

새벽에 노래를 들으며 귀가하다가 멜론의 시대별 차트 기능을 발견했다. 시대별 차트에는
연도별로 인기 있었던 노래들을 보여주는데, 반가운 노래들이 많았다. 내가 좋아하는 투애
니원과 비스트의 노래를 재생하니 그 순간으로 돌아간 것처럼 그때의 풍경, 기분, 평화로운
일상들이 머릿속에 재생되었다. 좋아하고 자주 듣던 노래에 나를 저장해두는. 그런 기분.
다들 비슷한 경험 있었을 거라고 생각했기 때문에 이 시를 썼다.

크레파스

오현

성적표 받고
심란한 마음
집 가는 길 위
하늘은 불길한 핑크색

인문학 대회 1등
가벼운 걸음
집 가는 길 위
하늘은 경쾌한 노란색

친구들과 함께
떡볶이와 튀김
집 가는 길 위
하늘은 뭉게뭉게 하얀색

심자 끝내고
지친 어깨
집 가는 길 위
하늘은 깊은 골짜기 남색

내가 걷는 길 위

하늘은

36색 크레파스

작가의 말 ✎

자신의 기분에 따라 다르게 보이는 하늘의 색을 표현하고 싶었습니다. 성적표를 받고 심란한 마음에 노을 지는 하늘을 보면 단순히 불길한 핑크색으로만 보이고, 인문학 대회에서 1등을 한 후 하늘을 보면 귀여운 노란색으로 보였습니다. 집에 가는 길은 같은 길이고 같은 하늘이지만 그날 하루 있었던 일에 따라 다르게 느껴지는 하늘의 색을 여러 가지의 크레파스로 비유했습니다. 저는 오늘도 크레파스로 하늘을 색칠합니다.

위험한 낙서

이동규

누군가 나에게 낙서를 했다
유성으로 했나 연필로 했나

의미 없이 보이는
그 낙서는
나를 감추고 그 위를 덮었다

'너는 너무 시끄러워.'
'너는 너무 분다워.'
'너는 칠칠맞지 못해.'
'너는 원래 그런 애야.'

진짜 나를 가리고
가짜 내가 되는
위험한 낙서

작가의 말

학원이나 학교에서 벽을 봤는데 원래는 흰색이었을 벽 위에 낙서가 되어 있었습니다. 제가 벽 위에 낙서를 항상 먼저 봐왔지 원래의 흰색 벽을 먼저 보지 않는 것처럼 다른 사람이 나를 볼 때 진짜 나를 보는 것이 아닌 소문이 만든 가짜 나를 먼저 보는 것은 아닐까 하는 생각이 들어서 이러한 시를 적어 보게 되었습니다.

두루마리

김민정

두루마리처럼 반복되는 삶
두루마리처럼 돌아가는 삶

가끔씩 힘들어서 땀이 나면
가끔씩 지쳐서 눈물이 나면

내가 두루마리를 끊어서
너를 닦아 줄게

작가의 말

우리는 매일 같은 시간에 일어나고 학교에 가고 잠에 든다. 이렇게 매일이 반복되지만 그
삶 안에서는 변하는 것이 거의 없다. 나도 친구들도 이런 삶에 많이 지쳐 있는 것 같았다. 그
래서 내가 친구들의 걱정과 우울을 조금이라도 덜어 주고 싶다는 생각을 했다. 내 시를 읽
은 친구들에게 위로가 되었으면 좋겠다. 얘들아, 오늘도 수고했어!

벨트

한효은

에어컨 빵빵하게 튼 방에서
배에 꽉꽉 조인 벨트
끊어지게 숨 쉬고 싶다

시험 기간 몰리는 수행평가
숨 막히는 스트레스와 고민들

하루하루가
이렇게 꽉꽉 조이는데
언젠간 터져 버리지 않으려나

작가의 말

집에서는 가족의 일 때문에 힘 빠지고, 학원에서는 너무 힘들어서 스트레스 받고 학교에서
는 시험 기간에 수행평가가 몰려서, 너무 힘들고 지쳐서 '아, 이렇게 살다간 진짜 숨 막혀서
못 살 것 같다'라는 생각까지 들었다. 하도 숨 막히게 살다 보니 에어컨 빵빵한 방에서 쉬고
싶고, 수행평가고 뭐고 다 던지고 살고 싶었다. 그래서 이런 고민을 벨트에 비유해 나의 일
상과 소망을 표현했다.

인형 뽑기

곽민정

기계 안에 갇힌 인형
돈을 자꾸자꾸 넣다 보니
만 원을 먹어 버렸다.

재밌어서 한 번
아쉬워서 한 번
승부욕에 한 번 더

침대에서 책장
소파 뒤로
이제는 기억 너머로

무관심에 갇힌 인형

작가의 말

1~2년 전까지만 해도 전국에서 유행하던 인형 뽑기가 한순간에 사람들의 기억에서 사라
져버렸다. 첫 부분에는 인형 뽑기가 인기가 많을 때 우리가 인형 뽑기를 했던 경험을 떠올
릴 수 있도록 썼고, 끝 부분에서는 결국 관심이 식어 버려서 사람들이 인형 뽑기는 언제 했
냐는 듯한 무관심한 태도의 느낌을 살려 적기 위해 노력했다.

아빠

책장에서 발견한 낡은 앨범 하나
사진 속 한 소년이 웃고 있다
마냥 놀기를 좋아했던 소년의 웃음이
사라지기 시작한 건
가장의 무게와 책임감 때문이겠지
하루를 살아내기 퍽퍽한 날들에
소년의 꿈은 사치였을지도

나는 소년의 청춘을 훔치며 살았다.
소년은 가장, 단 하나를 지키기 위해
많은 것을 포기하도록 강요받았을지도

그래서 나는 좋은 사람이 되고 싶다
소년의 청춘과 맞바꾼 내가 적어도
딱 그만큼 가치 있는 사람으로

작가의 말

최근에 우연히 집 청소를 하면서 사진앨범을 발견했는데 그 앨범이 아빠의 어렸을 적 앨범
이었다. 아빠는 아빠인 줄 알았는데 아빠에게도 나처럼 어린 시절이 있었다는 걸 알게 되었
다. 내가 알지 못하는 아빠만이 알고 있는 아빠의 어린 시절이 신기했다. 또 지금과는 다른
모습의 아빠가 신기했다. 아빠도 어리고 많은 것들이 무서웠겠지만 아빠라는 이름으로, 가
장이라는 이유로 모든 걸 감수하며 살아온 게 아닌가라는 생각이 들었다. 그 생각에 마음이
아팠다. 그래서 내가 그런 아빠에게 좋은 사람이 되어야겠다고 생각했다.

하늘색

신승아

"엄마! 무슨 색으로 할까?"
"하늘색 예쁘네."

또,
또 하늘색

"엄마는 하늘색이 왜 그렇게 좋아?"
"그냥 좋아."
"그냥? 그런 게 어딨어?"

아니, 엄마

하늘이 세상을 감싸 주듯
엄마도 우리를 감싸 주는
하늘 같은 사람이 되고 싶은 거 아닐까?

작가의 말

선택 장애가 있는 나는 항상 확고한 생각을 가진 엄마한테 어떤 색이 나은지 물어보곤 한다.
그때마다 엄마는 거의 매번 하늘색을 외치곤 했다. 문득 책상 위에 있는 다양한 하늘색 물건들
을 보니 엄마가 하늘색을 좋아하는 이유가 궁금해졌고, 엄마한테 물어봤지만 '그냥'이라고만
할 뿐 별다른 이유는 없었다. 하지만 내가 생각했을 땐 푸근한 하늘과 엄마가 닮은 것 같은 느
낌을 받았고, 엄마는 하늘같이 다정한 사람이 되고 싶은 게 아닐까라는 생각을 하게 되었다.

휴대폰

조민승

5분만, 10분만, 이 편만, 이 판만

10분 영상 6개
SNS 1시간
게임 2시간

다하고 책 앞에 앉으면
그 책은 곧 베개로

어제를 후회하고서도
5분만, 10분만, 이 편만, 이 판만

작가의 말

시험 기간에 공부하면서 옛날 중학생 때부터 고1 때까지의 시험 기간 때의 내 모습이 떠올라 이 시를 적게 되었다. 시험 기간이지만 유튜브, 게임, SNS를 맨날 밤늦게까지 하고 자면서 공부는 하지 않고 의미 없게 하루를 살아갔다. 정말 휴대폰에 미친 듯이 빠져들어서 밤 샘까지 하며 버틴 기억도 있다. 지금은 '폰 만질 시간에 공부를 했으면 상위권일 텐데'라는 후회를 하며 공부를 하고 있다. 지금도 나는 휴대폰에 빠져 공부를 하지 않은 나를 반성한다. 이젠 시험 기간에 휴대폰을 만지면 내 옛날일이 떠올라 폰을 내려둔다. 이젠 이 시가 나에게 큰 버팀목이 될 것 같다.

시한폭탄

권예민

걱정으로 하신
부모님 잔소리

오늘도 나에게
불을 붙였다

궁금해서 물어본
동생의 질문

오늘도 나에게
기름을 부었다

돌이켜 보면
나에게 불을 붙인 건
언제나, 나

언제 터질지 모르는
시한폭탄

작가의 말 🖋

중학교 2학년 사춘기 시절, 항상 이유 없이 부모님께 짜증내고 화를 내고, 동생에게 욕을 했던 기억이 있다. 지금 생각해 보면 '내가 왜 그런 걸로 화냈지?' 하고 후회도 되고, 부모님과 동생에게 미안한 마음이 들었다. 과거의 일들 중 제일 먼저 생각나는 일이 중학교 2학년 때의 나의 사춘기 때이다. 항상 짜증내고 신경질만 내어 내 스스로에게 불을 붙인 거 같아 제일 후회스러운 때인 것 같다.

밤하늘

고채은

아슬아슬
지상철 막차 타고
집으로 돌아가는 길

불 꺼진 아파트
땅만 보고 지나간 하루

문득
올려다보니

웃어 주는
보름달 하나

작가의 말

항상 독서실이 끝나고 11시 16분 지상철 막차에 올라타 집으로 돌아가는 길에 하늘을 바라보면 보름달이 보인다. 나는 공부를 하고 피곤한 기분을 느끼며 무거운 책가방을 메고 터덜터덜 힘들게 걸어갔다. 하늘을 볼 여유도 없이 땅만 보고 걷다가 문득 하늘을 보면 항상 달이 떠 있었다. 그 달이 나를 위로해 주는 것 같이 느껴졌다. 밤하늘의 보름달에게 위로를 받고 마음이 편안해지는 그때 나의 기분을 표현하고 싶었다.

알면서도

김세련

해야 하는데
좀처럼 마음잡기 힘든

앉아야 하는데
돌아다니는 것이 좋은

눕지 말아야 하는데
결국 버티지 못한

해야 하는 걸
알면서도
마음잡기 힘든

작가의 말

늘 내가 공부해야 하는 것을 알면서도 놀게 되고 마음잡기가 힘들었다. 공부에 대한 내 생각이 담긴 시이고 나와 같은 마음을 가진 친구들이 많을 것 같아 많은 친구들이 공감을 느낄 수 있을 것이라고 생각한다. 내가 이 시를 써 보면서 내 마음을 다시 잡을 수 있는 시간이 되었으면 해서 이 주제를 가지고 시를 쓰게 되었다.

5분

나수빈

"5분 남았습니다."
300초의 째깍거림이
딱따구리가 되어
쪼기 시작한다

귓가에서, 가슴에서, 손끝에서
째깍째깍

5주간의 기다림이
5분의 찰나에 먹힌다

"시험이 종료되었습니다."
시침이, 분침이, 초침이
온몸에 내리꽂히고

도르륵 눈을 굴리자
내 입에 물어뜯긴
붉고 연한 손끝

작가의 말

5주간 애써 길러온 손톱을 시험 날 "5분 남았습니다."라는 소리를 들은 후 초조함을 이기지 못하고 물어뜯어 버린 경험을 쓴 시입니다. 시계 소리와 손톱 물어뜯는 소리는 계속 딱딱 하고 들리고 종소리가 울린 후에, 시험지를 다 낸 후에야 통증에 손을 보면 연한 손톱 아랫 살이 보입니다. 손톱 한번 길러보겠다고 5주를 기다렸는데 그새를 못 참고 손톱을 다 물어 뜯어 버린 자신의 모습을 후회하는 장면이 마지막 연에 나타나 있습니다.

십 년 전 그 공

오재영

툭
책장에서 책을 꺼내다 떨어진 공
쥐어 보니 떠오르는 2009년

4학년 형들과 야구한 1학년
공을 많이 만져 보겠다고 선택한 포수
오로지 공만 바라보던 그 순간

빡!
"재영아 괜찮아?"
벌겋게 부어오른 눈

"밤탱이 돼서 올 거면 야구하지 마!
안전장비도 없이 포수를 왜 해!"

그렇게 혼나고도
내일은 누구와 야구할까
공을 안고 잠들었던 나

돌아갈 수 없을까?
꼭 쥘수록 더 선명한
그때 그 시절

작가의 말

내가 어렸을 적 가장 좋아했던 스포츠인 야구. 야구와의 추억을 되살려 보니 2009년 여름이 가장 기억에 남는다. 포수 마스크도 없이 덩치 큰 형들 사이에서 포수를 하다가 파울 타구에 눈을 다쳤다. 그날 밤 아빠가 그렇게 화내는 모습은 처음이었다. 야구 때문에 다치기도 많이 다쳤지만 순수하게 야구밖에 몰랐던 어릴 적으로 단 하루 만이라도 돌아가고 싶다.

%요일

변수연

달칵
배터리 50%
오늘은 50%요일

달칵
배터리 70%
오늘은 70%요일

달칵 배터리 100%
오늘은 무슨 요일일까

나의 기분은 100
100은 내 마음대로 할 수 있는 숫자

오늘은 나의 기분 좋은
100%요일

작가의 말

월요일에 학교를 가서 금요일이 지나 주말이 오기만을 기다리는 내 모습을 휴대폰이 충전
되는 배터리의 %에 비유하였고 요일이 지날수록 나의 기분과 나의 기다림이 증가되므로
요일의 이름을 %요일이라고 붙였다. 주말은 내가 하고 싶은 것을 마음대로 할 수 있는 날
이기 때문에 100%요일이라고 썼다.

길이 수축

남다현

아침 8시
밤샘 공부하고
절여진 피클처럼 축

어른거리는 책상, 울렁이는 시계
내 다리도
길었다가 줄었다가, 길었다가 줄었다가

"너무 빠른 속력으로 움직이면 길이 수축이 일어날 수 있어요. 길이 수
축, 길이 수축, 길이 수축."
귓가에 물리쌤 목소리

"야, 내 다리 길이 수축 일어났어."
"시험이나 잘 치고 잠 좀 주무시지."
중간고사 3일차, 친구 목소리

작가의 말

시험 기간, 너무 피곤하고 잠이 부족해서 환각 현상이 보인 적 있다. 책상이 울렁이고 시계
도 움직이고 다리도 정상이 아닌 듯 줄었다가 늘어났다. 그 와중에도 시험에 세뇌되어 다리
가 줄어드는 환각을 길이 수축이라고 느끼기도 했다.

365일 여름

마선우

칠판을 보며 이해가 되지 않아
눈을 찡그렸다
강한 햇빛에 눈을 찡그린 것처럼

수업 시간이 너무 길다
낮이 길고 밤이 짧은
여름의 하지처럼

빨리 이 교실을 벗어나고 싶다
장마에 습해진 공간에 있는 것처럼

우리는
365일 여름

작가의 말

수업시간을 여름에 빗대어서 표현한 시이다. 나는 계절 중에 여름을 제일 싫어하는데 그 이유가 습하고 강한 햇빛 때문에 답답함을 느끼기 때문이다. 그래서 여름에서 하루 빨리 벗어나길 바라는데 이 마음이 꼭 교실에서 수업이 끝나길 바라는 나의 마음과 많이 닮아 쓰게 되었다.

안경

윤경선

55457
한숨만 나오는 내 모의고사 등급

12112
감탄만 나오는 짝꿍의 모의고사 등급

33431
오, 괜찮은데?
성적표를 받을 때
안경을 벗는다

언제쯤
짝꿍처럼
안경을 벗지 않고 볼 수 있을까?

작가의 말

모의고사를 치고 난 후의 갑갑한 마음을 표현하고 싶었으며 다음번에는 좋은 점수를 받고
싶다는 소망을 담았다. 하위권 학생들이 모두 성적표를 받았을 때 안경을 벗지 않고 바라
볼 수 있는 날이 오기를 희망하는 마음을 담았다. 친구들이 내가 쓴 시를 읽고 공감하고 서
로를 같이 위로하면 좋겠다.

달과 지구

이나경

달은 지구로 떨어지는 중
그렇지만 가까워지지 못한다

달은 지구를 맴도는 중
그 곁을 떠나지 않는다

친해지고 싶어
나는 너에게로 떨어지는 중

오늘은 말 걸어 볼까?
나는 너를 맴도는 중

작가의 말

우리는 학교나 학원을 다니면서 호감인 친구, 친해지고 싶은 친구들을 만난다. 물리 시간에
읽었던 책의 구절 중 "달은 지구로 떨어지고 있다."라는 구절이 있었는데 달은 지구로 떨어
지는 중이라도 지구와 가까워질 수 없고 맴돌기만 한다고 했다. 그 모습이 친해지고 싶은
친구 근처에서 말을 걸어볼까 망설이는 내 모습처럼 느껴졌다. 그 친구 주위를 맴돌다 다가
가면서 '그 친구와 친해질 수 있을까.'라고 생각하는 마음을 시에 녹여 보았다.

암호는 떡볶이

임혜은

시험 마지막 날
몇 주간 꾹 참고 있던
놀고 싶은 마음들이 시내로

제일 먼저 향하는 곳은 엽떡
스트레스 날려 주는 짜릿한 매운맛

밀린 잠
못 감은 머리
꾹 참은 드라마

암호는 떡볶이

참아온 것들을 터트린다
숨어있던 새빨간 힘들이 터져 나온다

작가의 말

시험 끝나고 떡볶이를 먹는 나의 기분과 상황을 나타내 보았다. 떡볶이는 잠, 놀기, 드라마
보기와 같은 시험 기간 동안 내가 꾹 참아왔던 것들의 봉인을 풀어 주면서, 스트레스를 풀
어 주는 역할을 한다.

엄마

최재민

간판들마저 잠든
새까만 새벽 두 시
희미한 수면 등 사이로
목소리가 나를 흔든다

이상하다
분명 엄마 목소린데
철문 같던 우리 엄마가
술에 취해 흐느낀다

아빠와 싸운 후
엄마가 가는 곳은
엄마의 하얀 모닝

"넌 엄마가 있어 좋겠다."
자신은 엄마가 없다고 말하던
외삼촌의 쓸쓸한 웃음도 떠오르고

"오늘 학교는 어때?", "밥은 먹었어?"
"아, 그만 좀 물어!"
나는 또 왜 그랬을까

이젠 내가
엄마의 엄마가 되어야겠다

작가의 말

엄마가 아빠와 싸웠던 날 자는 나를 깨워서 엄마가 나에게 하소연을 한 적이 있다. 술에 취해서 엉엉 울던 엄마의 모습에 큰 충격을 받았다. 그때 내가 그동안 엄마를 대하였던 태도를 후회하면서 여러 가지 생각들이 머릿속에 떠올랐다. 그때 떠올랐던 생각들이나 심정들을 간직하고 싶어서 이 시를 쓰게 되었다. 이 시를 읽게 되는 사람이 잠시나마 자신의 가족에 대해 다시 생각해 보게 되면 좋겠다.

3교시의 중력

김기찬

목요일 3교시 물리 시간
목요일 3교시 중력 시간

무거운 말 한마디
점점 떨어지는 머리들

책이 당긴 걸까
책상이 당긴 걸까
지구가 당긴 걸까

만유인력으로도
상대성이론으로도
설명 불가한 머리들

어린아이가 당기듯
어른이 당기듯
황소가 당기듯

저항하려 하지만
저항할 수 없는
저항하기 싫은
이게 중력이구나

툭.

작가의 말

학남고 2-8반에선 목요일 3교시에 물리를 배운다. 다른 수업 때는 발표도 잘하고 대답도
잘하지만 물리시간만 되면 너무 어려운 이론 때문인지 친구들이 점점 잠에 든다. 나도 이해
하기 어려운 말 때문에 잠을 겨우 버티고 있지만 잠이 몰려와 버티지 못하고 잠들어 버리는
나의 모습을 물리시간에 배우는 중력과 연관 지어 표현해 봤다. 고등학생의 힘들고 피곤한
수업 시간 모습을 잘 표현하려고 노력했다.

선풍기

김이준

모든 일이 끝난 밤
모두가 잠든 밤

탈탈탈
오직 선풍기 한 대만이

제 목을 부순
내 어디가 좋다고

자꾸 돌아봐 달라며
탈탈탈

잠시 동안만이라도
나를 스쳐 갔던
그 바람이 그리워

다시 돌아봐 줄래

오늘 밤 나도
너를 향해
탈탈탈

작가의 말

유독 잠이 오지 않던 금요일 새벽에 유일하게 내 옆에서 날 돌아봐 주는 선풍기를 떠올리며 이 시를 썼다. 어릴 적 선풍기의 목을 부순 적이 있었는데도 아직까지 내 곁에 남아 꾸준히 날 돌아봐 주는 선풍기에 대한 감사와 선풍기를 통해 떠올리게 된 그리운 그 사람에 대한 마음을 담았다.

밤안개

이승륜

도남초등학교 앞
쭉 뻗어 있는 가로등

친구들과 늦게까지 놀고
집으로 가는 길

스산한 공기
나를 지켜보는 어둠

깊은 어둠 가르며
가로등이 뿜어내는 안개
하늘에서 내려온 노란 구름 같다

1시 8분
나만 알고 있는 밤안개를
가로등이 만들어 내는 시간

집으로 향하는 노란 징검다리에
오늘도 마음이 놓인다

작가의 말

어두운 밤 집으로 돌아가기 무서운 날, 낮에는 시야를 가리는 안개와 달리 가로등이 만들어 내는 노란 밤안개는 길을 밝게 비춰 준다. 노란 밤안개가 갈 길을 알려 주는 듯해서 집으로 가는 길이 더 이상 무섭지 않다.

엄마의 자는 모습

김형우

유심히 본 적 없는
엄마의 자는 모습

코 고는 소리에
조심, 방문 열어 본다

얼굴 찌푸리고
옆으로 쪼그려
드르렁 푸

엄마에게 뭔가
미안해지는 기분

조용히 이불을 덮어 주고
살며시, 나온다

작가의 말

엄마의 자는 모습을 집에 늦게 들어온 날 유심히 보았다. 이부자리도 제대로 깔지 않고 자는 모습이 힘들어 보이면서도 애잔한 느낌이 들었다. 이불도 덮지 않은 모습을 보니 나도 모르게 미안한 느낌이 들며 '말을 더 잘 들어야겠다.'라는 생각도 들고 조금 슬펐다. 엄마에게 앞으로 더 잘해 드려야겠다는 다짐을 하게 되었다.

기숙사에서

정도현

3월, 고등학교 초보 8명
"경대 가 보자!"
대학을 위해 기숙사에 입사했다
치킨 먹고 밤새 떠들다 보니
벌써 9월, 남은 사람 3명

나도 그만 퇴사할까
새벽 자습 끝나고 402호 창문 여니
턱까지 들어오는 어둠
떨어진 성적 보며
한숨만 푹

그래도 2명이 있어서
계속 버틴다

작가의 말

1학년 1학기 기숙사에 들어갔다. 공부할 땐 공부하고 놀 땐 완전 열심히 놀았다. 1학기가 끝나고 5명이 나가고 3명이 남자 1학기의 즐거움이 반이 된 거 같았다. 새벽 자습이 끝나고 창밖을 보고 한숨만 쉬며 퇴사를 고민하는데 방 친구가 빨리 자라 했고 자고 일어나면 또 잊어 버렸다. 버티며 지내온 날들을 표현하고 싶었다.

6.56kg

조원석

6.56kg
쌀 30인분 무게
대한민국 고등학생 가방 평균 무게

오늘도 우리는
30명의 한 끼와
10명의 하루를 짊어지고 달린다

작가의 말

중간고사 기간 가득 차 무거웠던 가방이 시험이 끝나도 가벼워지지 않는다. 수행평가와 다가오는 기말고사 때문에 가방은 여전히 가득 차 있다. 당연하게 느끼는 부모님의 기대, 성적의 압박감, 주변 사람들과의 비교 등등. 어느새 나의 가방에는 내가 없고 다른 사람이 올라타 있다. 나는 어디 있고 내가 하고 싶은 일은 어디 있을까? 그런 건 모르겠고 시험 끝나면 가방부터 비워야겠다.

시간

최강우

흘러간다
멈추고 싶어도 흘러간다

6월 20일까지
수학 비법노트
오늘이 6월 20일이다

새벽 3시 45분
5시간째
아직 8문제 남았다

흘러간다
멈추고 싶은데
지금도 계속

작가의 말

수학 수행평가를 미루고 미루다 수행평가를 내야 하는 날이 왔다. 급하게 수행평가를 하다
새벽을 넘겼다. 하지만 수행평가는 아직 남아 있기 때문에 잠을 잘 수 없다. 시간은 계속 흘
러가고, 학교 갈 시간이 별로 남지 않았다. 시간을 멈추고 싶지만 계속 흘러간다.

다래끼

아침에 눈을 뜨니
동생이 다래끼 났다고 찡찡
"또!"
다래끼에게 화내시는 아버지

"설마 나도?"
화장실로 달려가 거울 보니
휴, 난 멀쩡하군

수술 당일
"무섭지 않냐?"
"한두 번도 아닌데 뭘"
하지만 떨리는 동생의 손

오늘도 출근 못한 아버지
오늘도 학교 못 간 동생
우리가 뭘 잘못했다고 자꾸 생기는 걸까
빌어먹을 다래끼

작가의 말

불과 1년 전만 해도 나는 매일을 다래끼와 싸우면서 살아왔다. 정말 열심히 찜질도 하고 세수도 하지만 다래끼는 눈 속 깊숙이 박혀 사라지지 않는다. 의사 선생님도 내 얼굴과 이름을 외워 버릴 만큼 자주 병원에 갔다. 최근 동생이 다래끼가 나서 수술하러 가는데 누가 봐도 무서워하는 것 같았다. 아버지께서는 출근을 포기하시고 병원에 가셨다. 다래끼를 통해 아버지의 사랑을 느낄 수 있었다.

시험 기간

이재문

흘러가는 시간
찌푸려지는 미간

너무나 불안한 공간
부려보는 재간

눈 떠 보니 야간
끝나 가는 기간

가고 싶다 중간
희망은 약간

작가의 말

평소에 시간이 흘러가는 것이 굉장히 아깝다고 생각했는데 시험 기간이 되니 더 아깝게 느껴졌다. 내가 힙합에 흥미가 있기 때문에 그런 내용을 운율을 최대한 살려서 적어 보았다. 이렇게 시를 적어 보니 '간'으로 끝나는 단어 말고 다른 단어를 주제로 삼아서 시를 적어도 얼마든지 적을 수 있을 것 같다.

진로 시간

김신우

선생님이 물으셨다
"너는 커서 뭐가 되고 싶니?"

나는
아무 말도 할 수 없었다

의사요, 프로그래머요, 선생님요
친구들이 부러웠다
말할 수 없는 내가 더 싫었다

다음 진로 시간에는
나도 말하고 싶다

작가의 말

어릴 때에는 꿈이 많았으나 고등학생이 되니 현실의 장벽에 부딪혀 내가 어릴 때 하고 싶었던 것과 꿈을 포기하게 되었다. 그러나 진로 시간에 보니 다른 친구들은 자기가 원하는 꿈이 있었고, 그에 내가 초라해지고 혼자 초조해졌다. 나도 내 꿈을 찾고 진로 시간에 꿈을 말하고 싶다.

내 특별한 자전거

나의 생일선물로 우리 집에 굴러온
초록색 로드 자전거

매일 아침마다 타려고
우리 집에 굴러온 자전거

내 무거운 몸무게로 눌러 앉아
아침마다 달리는 불쌍한 자전거이지만

놀게도 해주고 지각도 안 하게 해주는
나의 특별한 로드 자전거

이제 너 없이는 못 살 것 같다.

작가의 말

옛날 자전거를 맨날 힘들게 타다가 친구들이 편하게 타는 자전거가 부러워 부모님께 내가 빌어, 빌어 드디어 생일선물로 사 주신다고 약속을 받았다. 생일날 자전거가 바로 도착해 바로 다음 날 아침부터 등굣길에 타 보았다. 매우 편했고 너무 좋았다. 가끔씩 매일매일 타고 상처도 입혀서 미안한 마음이 들지만 주말이나 방학에 자전거 타고 멀리 나가 놀 수도 있게도 해 주고 아침마다 늦게 나와도 지각도 안 하게 해 주는 자전거가 너무 고마워 자전거에 관해 쓰게 되었다.

공부

이동효

오늘은 진짜 공부한다
일단 책상부터 치우고

학습지 정리 좀 해야겠다
이불 거슬리네

계획부터 짜 볼까
카톡이 왔네
내일부터 진짜 공부한다

작가의 말

공부를 하려고 하지만 책상에 앉으면 평소에는 보이지 않던 불편한 것들이 공부를 방해하고 집중하기 어렵다. 고2인데 정신 차리자.

우리집 강아지

김정민

우다다
달려가다
쨍그랑

금 간 유리컵처럼
넘어진 쓰레기통처럼
내 마음도
철렁

어느샌가 우다다
그러다
금방 지쳐 버려
평온하게
누워 버렸어

부탁이야
사고 치더라도
너랑 매년 함께하고 싶으니까
내 곁에 오래오래
남아 줘

작가의 말 🖋

어릴 때부터 강아지를 키웠는데 처음에는 '얘도 언젠가는 무지개다리 건너겠지'하고 막연하게 생각했었다. 하지만 강아지가 7살이 되니 '언젠가'가 곧 현실이 될 것 같아 두려운 마음이 든다. 어릴 때랑 다르게 잘 지내다가도 가끔씩 아파서 링거도 맞으니까 걱정도 된다. 지금처럼 일상을 즐겁게 보내고자 하는 마음을 시로 표현했다.

깜빡

비법노트 수행평가 끝내고
독서실을 나와
터덜터덜 휘적휘적

일렁이는 별빛을 걸어오니
시침이 향하는 곳, 1과 2 사이

깜깜한 어둠 속
나를 반기는 것은
부엌에서 깜빡, 노란색 아기불

먼저 잠든 가족들 원망스러워
촉촉해진 눈가로
타박타박 방으로

깜빡-
아기불이 내게 말을 건넨다
수고했어, 오늘도

작가의 말

수행평가를 끝내고 집에 돌아왔는데 불 다 꺼놓고 조용히 잠이 들어 나를 반겨 주지 않는 가족들이 원망스럽고 슬펐다. 그런 나를 반겨 주는 건 무거운 가방을 메고 방으로 향할 때 순간 깜빡였던 부엌에 있는 노란 작은 불 하나뿐이었다. 깜빡였던 그 불이 마치 내게 위로의 말을 건네는 것만 같아 그에 감동받아 이를 주제로 시를 쓰게 되었다.

버스기사 아저씨

이승민

매일 아침 7시 반
나를 데리러 오시는
706 아저씨

문이 열리고
계단 오르면
어서 오세요

오늘도 여전하신
버스기사 아저씨

인사할까 말까
할까
말까

부끄러워
벙어리로 내린 나

내일은 꼭 해야지!

작가의 말

매일매일 버스를 타면 기사 아저씨께서 먼저 인사를 해 주신다. 고맙고 감사한 마음에 내릴 때는 먼저 '감사합니다.' 하고 인사하고 싶지만, 항상 부끄러워서 고민만 하다 그냥 휙 내려 버린다. 항상 고민만 하다가, '내일은 꼭 인사해야지.' 하며 결심한 내 모습을 시로 썼다. 아저씨는 하루에 몇 백 번씩 인사하신다. 나도 내일은 꼭 인사하고 내려야겠다.

나를 가진 스마트폰

전혜린

잘 때나 쉴 때나
밥을 먹을 때나

나의 온 신경은
오직 스마트폰에

내가 스마트폰을
가진 걸까

스마트폰이 나를
가진 걸까

작가의 말

눈을 뜰 때부터 눈을 감을 때까지 나의 옆에는 항상 스마트폰이 있다. 다른 일을 해야 하는
데도 불구하고 그 시간에 휴대폰을 하곤 한다. 그만해야 하는 것을 알면서도 쉽게 그만하
지 못하는 나의 모습을 보면 내가 스마트폰을 조종하는 건지 스마트폰이 나를 조종하는 건
지 의문이 들 때가 있었다.

시험공부

정인하

방 안에 홀로 한국지리 공부한다

머리는 아래로
두 눈은 책으로
두 귀는 엄마 발소리 쫑긋

엄마 발소리 커지면
내 입 소리 커지고
발소리 작아지면
내 입 소리 작아진다

발소리 들리지 않으면
달력에 기념일 표시, 계획 세우기, 폰 시간 확인

내 방 안 모든 물건들
한 번씩 건드려 본다

작가의 말

공부를 안 하고 있다가 엄마의 발소리가 커지면 하는 척하고 있는 나의 모습을 적어 보았다. 시험공부를 내 스스로 하지 않고 엄마의 소리에 따라 움직이는 나의 행동이 조금 후회스러웠고 이러한 내용을 시에 담아 보고 싶었다. 다른 친구들도 이 시를 보고 공감대를 형성할 수 있게 고려하여 쓴 시이다. 이 시는 엄마의 행동에 움직이지 말고 스스로 하는 행동을 길렀으면 하는 바람을 담고 있다.

지도

황선아

길을 잃었다

목적지는 알고 있는데
가는 길을 잃었다

처음 가 보는 곳이라,
처음 이루어 보고 싶은 꿈이라,
길을 잘못 들었다

지도는 길이 정해져 있다

나는 그냥
내 길을 만들어 가야겠다

작가의 말

학교에서 매년 진로를 정해서 제출하라고 하면 관심도 없고 잘 모르는 직업을 아무거나 지어서 냈었다. 그런데 요즘 정말 하고 싶은 꿈이 생겼다. 그런데 막상 꿈이 생기니 뭐부터 해야 할지, 뭘 해야 할지 모르겠다. 그리고 그 관련 학과에 들어갈 수 있을지도 잘 모르겠다. 그래도 포기하지 않기로 했다. 만약 꼭 그 관련 학과에 들어가지 못하더라도 내가 하고 싶은 꿈은 이룰 수 있는 방법이 그거 하나만은 아닐 것이다. 뭐든지 최선을 다해서 내 방법대로 꿈을 이루어야겠다.

chapter 2

세상의
크기

"위안부 부끄러우니 잊으라는 어른들"
부끄러운 줄 아세요

14일, 서울 종로구 옛 일본대사관 앞에서 일본을 향한 1400번째 외침이 울려 퍼졌다. 이날 일본군 성노예제 문제해결을 위한 정의기억연대는 제 1400차 수요집회와 제7차 세계 일본군 '위안부' 기림일을 맞아 세계연대 집회를 열고 일본 정부에 공식 사과와 배상을 촉구했다.

청소년들도 마이크를 잡고 일본을 규탄하고 "끝까지 싸우겠다"라고 목소리를 높였다.

이어 "평화의 소녀상 건립을 위한 활동을 하면서 몇몇 어른들이 이런 이야기를 했다. '일본군 위안부는 부끄러운 역사다. 하루 빨리 잊어야 한다' 라고 했다"라며 "하지만 부끄러워해야 할 사람은 우리가 아니라 피해자에게 끔찍한 만행을 저지르고 끝까지 사과하지 않는 일본이다"라고 했다.

　송양은 어른들과 일본을 향해 따끔한 일침을 날리기도 했다. 그는 "과거에 눈을 감아 버리는 사람은 결국 지금도 앞을 보지 못하게 된다. 아픔이 두려워 잊지 말아야 할 것을 외면하면 안 된다"라며 "먹으로 쓴 거짓은 피로 쓴 사실을 덮을 수 없다"라고 날을 세웠다.

– 정대희 기자, 오마이뉴스, 2019.8.14.

붉은 기억

최봄

하루가 1년이 되고
일 년이 27년이 되었다

한 번이 100번이 되고
100번이 1400번이 되었다

기억이 깜빡깜빡하는 중에도
피로 각인된
이 기억만은 쉬이 잊히지 않았다

누군가는 그만 나오라 해도
먹으로 쓴 이야기가 아닌
붉은 피로 얼룩진
이 과거 속에서 쉬이 발 떨어지지 않았다

쉽게 밟힌
나의 삶
나의 꿈

쉽게 받지 못하는
그들의 인정
그들의 사죄

나는 오늘도
먹으로 물든 그들 앞에서
붉은 핏빛으로
외친다

작가의 말

27년이라는 긴 시간이 흘렀다지만 아직도 고개 숙이지 않는 일본의 뻔뻔한 태도 때문에 아직도 싸우고 계신 우리 할머니들의 입장에서 시를 써 봤다. 그냥 기사나 책으로 읽을 때는 잠깐 화만 났는데, 할머니들의 입장을 (아주 조금일지 모르지만) 생각하고 쓰니까 가슴이 많이 아렸다. 이 일본을 향해 외치는 소리가 1500번째를 맞이하지 않아도 되기를 바란다.

'강아지 공장·전기로 개도살' 충격……
경기도, 동물보호 불법행위 67건 적발

감전시켜 개를 도살하거나 허가를 받지 않고 반려동물을 번식해 판매하는 등 불법적으로 동물 관련 영업을 해온 업자들이 무더기로 적발됐다. 경기도 특별사법경찰단은 지난 2월부터 최근까지 동물관련 영업 시설에 대해 수사를 한 결과 59곳에서 67건의 동물관련 불법행위를 적발했다고 23일 밝혔다. 도 특사경은 적발업소에 대해 형사 입건하거나 과태료를 부과했다.

적발된 유형은 동물학대행위 6건, 무허가 동물생산업 8건, 무등록 동물장묘업 2건, 무등록 미용업 및 위탁관리업 35건, 무등록 동물전시업 2건, 가축분뇨법 및 폐기물관리법 위반 8건, 도살시 발생한 혈액 등을 공공수역에 무단 배출 등 6건 등이다.

이병우 경기도 특별사법경찰단장은 "최근 법원은 전기 꼬챙이로 개를 감전시켜 도살하는 것은 동물보호법상 잔인한 방법으로 죽이는 행위로서 유죄로 판결했다" 면서 "동물의 생명과 복지에 대한 사회적 인식이 확산되고 있는 만큼 동물관련 불법행위에 대해 수사를 더 강화할 계획"이라고 말했다.

– 윤종열 기자, 서울경제, 2019.12.23.

세상의 크기

김아란

고개를 들면 보이는 건
촘촘히 나열된 쇠막대기들뿐

시도 때도 없이 밑으로 빠지는 발과
다 휘고 뒤틀린 길게 자란 발톱을 보고 있다가

차가운 철장 위로 발을 내딛어본다
한 번
두 번

인간들은 세상이 참 넓다고 하던데
내 세상은
채

세 발자국

작가의 말

"이 개들은 평생을 여기서 살았으니 이 작은 공간이 얘네 세상의 전부인 거예요. 나와 본 적이 없으니 무서워서 못 나오는 거지." 강아지 공장의 개들을 구조하시던 분이 하신 말씀 이다. 반려견을 키우고 있는 입장이라 그런지 몰라도 이 사실이 더욱 슬프고 안타깝게 느 껴져서, 개들의 이야기를 한 번 다뤄 보고 싶은 마음에 기사를 골랐다. 이 시를 읽을 사람 들이 철장 속 개의 입장에서 상황을 바라보고, 그 개의 마음을 더 깊게 이해하게 될 수 있 기를 바란다.

막오른 '폴더블폰' 시대…
누가 글로벌시장 승자될까

세계 1위 스마트폰 제조사인 삼성전자와 3위 화웨이는 지난달 연달아 폴더블(접는) 스마트폰을 공개했다. 폴더블폰은 2007년 애플이 아이폰을 내놓은 이후 10년 넘게 유지됐던 바(bar) 타입의 스마트폰 외관을 바꿀 수 있을 것으로 예상된다. 한계에 다다른 스마트폰 시장에 새로운 바람을 불어넣을 수 있는 계기가 될 수 있을지 관심사다. 초기 시장을 선점하려는 삼성전자와 화웨이의 불꽃 튀는 경쟁에 관심을 쏟을 수밖에 없는 이유다.

삼성전자와 화웨이 폴더블폰의 가장 큰 차이점은 접는 방식이다. 갤럭시폴드는 화면을 안쪽으로 접는 인폴딩(infolding) 방식이다. 화면이 안으로 접혀 외부 충격으로부터 파손을 막기 좋다.

반면 메이트X는 화면을 밖으로 펼치는 아웃폴딩(outfolding) 방식을 썼다. 작은 화면이 바깥에 따로 달려 있는 갤럭시폴드와 다른 점이다. 외부 충격을 받았을 때 파손 위험성이 크다는 것은 단점이다.

– 이승우 기자, 한국경제신문, 2019.3.18.

접었다 폈다

김순겸

폴더블폰은 펼치면
크기가 커진다

나는 나를 펼치면
한없이 작아진다

예상과 다른 결과의 실망감,
좋은 성적에 대한 부담감,
이런 저런 스트레스
이런 저런 고민들

나에게도 충격을 막을
인폴딩이 있으면 좋겠어

펼쳐지는 폴더블폰
접혀지는 내 모습

작가의 말

고등학교를 다니면서 '원하는 대학에 가겠지'라는 생각을 했지만 담임 선생님과의 상담에
서는 내가 원하는 대학교는 없었다. 막연히 '갈 수 있겠지'라는 생각이 한순간에 무너졌다.
충격이었다. 멘탈이 흔들렸다. 그러다 폴더블폰의 충격을 흡수해 주는 '인폴딩'이라는 용어
를 보고 그것을 이용해 시를 지었다.

'여름 지나 더위 가신다' 내일 처서……
아침 비교적 선선

　23일은 절기상 '여름이 지나 더위가 가신다'는 처서(處暑)다. 이날은 전국에 구름이 가끔 많으면서 선선하겠다. 기상청은 22일 "내일부터 주말인 모레까지는 중국 북부지방에 위치한 고기압의 가장자리에 들어 전국이 가끔 구름이 많겠다"고 내다봤다. 23일 아침 기온은 18~24도로 비교적 선선하겠지만, 낮 기온은 27~31도로 예상된다.

　주요 지역 예상 아침 기온은 서울 22도, 인천 23도, 수원 21도, 춘천 20도, 강릉 23도, 청주 22도, 대전 22도, 전주 22도, 광주 22도, 대구 23도, 부산 24도, 제주 25도다.

　낮 기온의 경우 서울 30도, 인천 29도, 수원 30도, 춘천 31도, 강릉 31도, 청주 30도, 대전 30도, 전주 30도, 광주 30도, 대구 31도, 부산 29도, 제주 28도다.

– 윤홍집 기자, 파이낸셜 뉴스, 2019.8.22.

더위야 물러가라

이유정

더위야 물러가라
여름아 물러가라

입추 시작되고
백로 다가오는
처서가 왔다

호박 익고
청포도 수확하는
처서가 왔다

모기 입 삐뚤어지고
벌초 시작되는
처서가 왔다

더위야 물러가라
여름아 물러가라
삼복더위 다 가고
처서가 왔다

작가의 말 🖋

처서(處暑)는 24절기 중 14번째 절기로, 더위가 물러난다는 뜻이다. 흔히들 처서가 오면 모기도 입이 삐뚤어진다고 한다. 그리고 처서가 되면 풀이 더 이상 자라지 않는다 하여 벌초가 시작된다. 이러한 처서의 이야기들을 담은 것이 나의 시이다.

아픈 몸으로 동네 독거노인들
보듬는 '거리의 천사'

"어머니, 저희 왔어요~!" 25일 오후 신웅선(57)·안연숙(59)씨 부부
가 인천 남동구 만수동의 한 아파트 초인종을 눌렀다. 김명숙(가명·84)
할머니가 활짝 웃는 얼굴로 문을 열었다. 부부는 들고 온 보따리를 김
할머니에게 전했다. 보따리를 풀자 잡채와 버섯불고기가 가득 든 반찬
통이 나왔다.

신씨 부부는 2005년부터 만수동 일대에 혼자 사는 노인들에게 매달
두세 번씩 직접 만든 반찬을 배달하고 있다. 신씨는 동네 목욕탕에서 도
움이 필요한 노인들에게 목욕 봉사도 10년째 한다. 2010년부터는 월급
의 10~15%를 사회복지공동모금회에 기부한다. 이렇게 기부한 돈이 올

해까지 3000만 원이 넘는다.

신씨는 이런 경력을 인정받아 53회 청룡봉사상 수상자로 선정됐다.
그는 "아픈 내가 살아 보려고 열심히 봉사하고 나눈 건데……. 어르신
들이 이 소식을 들으시면 참으로 기뻐하실 것 같습니다"라고 말했다.

— 이동휘 기자, 조선일보, 2019.8.27.

그는 누굴까?

박윤서

찾아오는 이 없는
차가운 회색 복도

저벅저벅
멀리서
발자국 소리

'땡동'
오랫동안 흔적 없던
초인종 울리고

맛있는 냄새와 함께
현관 넘어 익숙한 얼굴이 웃고 있다

목욕탕에서 가느다란 팔로
내 등을 밀어 줬던
그 얼굴

얼음 같은 세상
사랑이 넘치는 그는

동에 번쩍 서에 번쩍
우리 동네 작은 슈퍼맨

작가의 말

부끄럽지만 오랜만에 신문을 펼쳐 보았다. 무슨 기사를 정해야 하나 고민하던 도중 수많은
부정적인 기사들 중 사랑이 넘치는 하나의 기사가 눈에 들어왔다. 환경 미화원 '신웅선' 씨
는 아픈 몸을 가지고 있는 자신보다 남을 더 위하는 사람이다. 아무 대가도 없이 좋은 일을
하는 그가 너무 대단하고, 그를 보며 내 자신에 대해 스스로 돌아보게 되었다. 앞으로는 그
의 희생적인 사랑을 마음속 깊이 새기며 살겠다.

폭염에도, 새벽에도 달리는 '배달의 투잡족'

8월 20일 오전 11시, 서울 송파구 문정동에서 박지혜(33) 씨를 만났다. 블랙진에 면 티셔츠, 그리고 에코백을 든 그는 평범한 젊은 여성. 하지만 배달 대행 서비스 '부릉'의 물류 거점 부릉스테이션에서 업무용 조끼와 헬멧을 받아다 착용하자 금세 음식배달 '라이더'로 변신했다. "이거 해야겠네요." 스마트폰 화면을 뚫어지게 들여다보던 그가 '콜'을 재빠르게 눌렀다(조금만 지체하면 다른 라이더가 콜을 채간다). 1km 떨어진 맥도날드에서 햄버거세트를 픽업한 뒤 또 1km를 이동해 고객에게 가져다주는 일. 그는 길 안내 기능을 켠 스마트폰을 전기자전거 핸들에 고정한 뒤 페달을 밟기 시작했다. 기자도 전기자전거를 타고 그를 따라갔다. 페달을 밟으면 전기동력이 함께 작동돼 오르막길을 달리는 게 그다지 어렵지 않았다. 하지만 벌써 기온이 30도까지 오른 여름날. 자전거로 달리며 맞는 바람은 시원했지만, 온몸에서 땀이 차오르는 것을 막아주진 못했다. 빨간불이 켜진 횡단보도 앞에 정차할 때마다 박씨는 땀을 닦아내는 대신 부릉 라이더 애플리케이션(앱)을 들여다봤다.

– 강지남 기자, 동아일보 주간동아, 2019.8.24.

짠내나는 배달

정인하

폭염 푹푹 찌는 날
나만 혼자 바빠

손에 어깨에 물건 가득
쉴 새 없이 오르락내리락

달리다 보니 새벽하늘
참 까맣다
내 마음처럼

집에 오면
온몸을 다 뚫고 나온 땀과
눈물 한 바가지

내 입에 맞닿은 눈물에서
짠 내가 난다
소금통을 다 먹은 듯이

작가의 말

폭염이나 새벽에도 상관없이 달리는 라이더들의 인생을 내 이야기인 것처럼 써 보았다. 라이더들이 어떻게 느끼고 살아가는지를 생각하며 자세히 쓴 시이다. 이 시를 읽은 모두가 라이더들을 통해 받는 서비스를 당연히 여기거나 무시하지 말고 수고했다는 생각을 조금만 가져 줬으면 하는 바람을 담았다. 사람들이 다른 사람의 고통을 많이 알아 줬으면 좋겠다.

엄마의 몸에 없던 멍이 생겼다······
2년 뒤 엄마는 하늘로

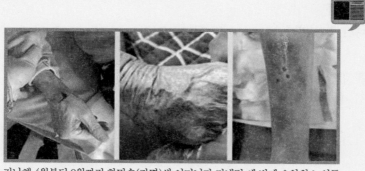

지난해 4월부터 9월까지 한민수(가명)씨 어머니가 지냈던 세 번째 요양원 노인들이 일부 요양보호사로부터 학대당한 모습.

　몇 시간 뒤 요양원에서 전화가 걸려왔다. "어머니가 잠에서 깨질 않으세요. 좀 더 지켜볼까요, 아니면 119를 부를까요?" 한민수는 요양원으로 달려갔다. 엄마가 세상을 떠난 뒤였다. 사인은 뇌출혈. 한민수는 그렇게 엄마와 작별했다.

　엄마의 장례를 마치고 얼마 뒤 누나가 한민수에게 사진 한 장을 보내왔다. 한민수가 엄마에게 챙겨 줬던 만화 성경책의 한 페이지였다. 누나는 한민수에게 "엄마가 거기다 뭐라고 적은 것 같다"고 말했다. 삐뚤삐뚤한 글씨를 자세히 뜯어보니 이렇게 적혀 있었다.

　"착한 아들, 니 생각만 하면 눈물이 난다."

－ 이주빈 기자, 한겨레, 2019.5.28.

누가 죄인인가요

조혜윤

아이처럼 떼쓰는
샴푸 대신 락스 든
고치지 못 할 치매 걸린
울 엄마가?

하루 벌어 하루 사는
지금 홀로 살아 있는
능력 없고 주저앉은
내가?

아님,

상한 음식 먹이는
죽은 엄마 방치한
쭉 돈만 받아온
요양원, 당신이 죄인일까요?

작가의 말 🪶

기사를 읽으면서 눈물이 나왔다. 내가 치매에 걸린다면 또는 우리 가족이 치매에 걸려서 이런 일을 당한다면 어떻게 될까? 아무것도 할 수 없는 주인공이 안타깝게 느껴지고, 힘든 이들을 도와주지 못해서 미안하다.

채용비리 광주은행……
'솜방망이 처벌'에 취준생 분노

채용비리로 기소된 광주은행 전·현직 간부 4명이 1심 재판에서 모두 집행유예를 선고받았다. 이들은 면접 점수를 조작하고 자녀의 채용 면접에 직접 면접관으로 참여하는 등 채용 공정성을 해쳤지만 형이 집행유예에 그쳐 솜방망이 처벌이라는 논란이 일고 있다. 더불어 국회에 제출된 은행권 채용비리 방지 관련 법안은 계류 중으로 알려져 후속 조치가 지지부진하다는 지적이 제기되고 있다.

취업준비생 A씨(24살)는 "채용에서 비리를 저질렀음에도 집행유예나 벌금형을 받았다는 것이 너무 화가 난다. '안 들키면 그만, 들켜도 솜방망이 처벌' 이런 식이면 나라도 내 자식들 채용시키고 비리 저지를 거 같다"

며 "이번에 밝혀진 은행권 채용비리 사태를 계기로 채용비리에 대한 제대로 된 처벌이 이뤄져야 하고 법과 제도 개선도 필요하다고 생각한다"고 밝혔다. 또 다른 취업준비생 B씨(25살)는 "취준생 입장에선 억울한 판결이다"며 "비리로 채용된 직원들도 짤리지 않고 은행 잘 다니지 않느냐. 그런데 채용 비리를 저지른 직원들마저 약한 처벌을 받았다는 게 화날 뿐이다"고 분노를 성토했다.

실제로 2015년과 2016년 채용비리에 얽혀 입사한 직원들에 대해 따로 은행 차원의 조치는 이뤄지지 않은 것으로 파악됐다

— 임정희 기자, 파이낸셜투데이, 2019.8.27.

내 청춘은 고시원에서

김나형

돈 벌기 위해
공부하는데
돈 없인 공부할 수 없더라

남들 따라
어학연수는 해외봉사는
무슨

뉴스에 나오는
저놈들을 보니
내게 없는 건 돈만이 아니더라

비리를 저질러 볼까?
인맥이 지위가 있어야 하지

남은 건
갚아야 할
학자금 대출뿐

오늘 저녁도
이불 위에서
라면

작가의 말

취업하기까지 정말 많은 돈들이 필요하더라. 10대 때엔 학원, 과외비가 만만치 않게 들고
서울에서 대학을 다니면 자취방부터 생활비, 학비까지 돈이 정말 많이 들고 스펙 쌓기 위
해서도 다 돈 돈 돈이더라. 대출받아서 남들 하는 것까진 해 보려 해도, 인맥과 지위가 필
요한 비리에 무너져 막막한 가난한 취준생을 주인공으로 시를 써서 비리를 비판하였다.

'배달 앱' 통해 전 여친 찾아 폭행한 20대 입건

경찰이 배달 앱을 악용, 헤어진 여자친구의 주거지를 찾아내 폭행한 20대 남성을 불구속 수사 중인 사실이 확인됐다.

28일 서울 구로경찰서에 따르면 A씨는 지난 21일 구로구 소재 오피스텔에 살고 있는 여성 B씨 주거지에 침입, 폭행한 혐의(협박-주거침입)를 받고 있다.

경찰에 따르면 A씨는 동거했던 B씨와 헤어진 뒤 배달 앱 고객센터에 전화를 걸어 B씨가 거주하고 있는 지인의 오피스텔 주소를 알아냈다.

A씨는 B씨의 신고를 받고 현장에 출동한 경찰에 의해 현행범으로 체포됐다. A씨는 경찰 조사에서 자신의 범행을 시인하면서 화해하기 위해 그랬다는 취지로 진술한 것으로 알려졌다.

경찰은 B씨의 피해를 추가로 조사, 정확한 경위를 파악 중이다.

– 김도용 기자, 뉴스1, 2019.8.28.

혼자 사는 여자

염한나

택배 받을 때에도
배달 음식 시킬 때에도
집 비밀번호 누를 때에도
덜덜덜

"그 여자 혼자 사는 것 같더라."
집안 훑는 택배원
"그쪽이 마음에 들어서 연락해요."
내 번호 아는 배달원
"누구 마음대로 헤어져."
심지어 한때 사랑했던 사람에게조차

나는 좋은
먹잇감

작가의 말

이 기사를 보자마자 혼자 사는 여성들이 겪은 피해 사례들이 떠올랐다. 배달원이 배달시킬
때 남겨진 정보를 조회하고 개인적인 연락을 시도했던 사례, 택배원끼리 집주소와 개인정
보를 공유했던 사례, 집 주변 몰카를 설치하고 비밀번호를 알아내려 시도했던 사례, 술 취
한 여성을 따라가 강간을 시도하려 했던 사례까지. 상상만 해도 끔찍했다. 혼자 사는 여성
이 겪는 불안감을 표현하고 싶었다.

영진전문대 영어캠프 찾은
78세 할머니 "영어수업 원더풀"

경북 칠곡군 영진전문대 부설 대구경북영어마을에 금서초등학교에 다니는 4학년 할머니 3명, 이들은 22, 23일 1박 2일 간 이 학교 2~6학년 12명과 함께 영어 캠프에 참여했다. 학생들은 여러 상황에 따른 영어회화를 익혔고, 할머니들도 캠프 내내 적극적으로 수업에 참여했다.

할머니들은 "이 나이에 영어를 배운다", "여행을 하는 기분이다. 영어 수업도 재밌다.", "외국인을 만날 수 있다는 자체가 기분이 좋다." 등의 말씀을 하시며 만족하셨고, 특별한 경험을 얻으셨다. 박순달 할머니(78세), 배종임 할머니(77세), 구익기 할머니(65세)는 금서초교 4학년에 재학 중이시다.
– 장영훈 기자, 동아일보, 2019.8.26.

원더풀

박지윤

오빠, 남동생 뒷바라지하느라
못 배운 기억 한으로 자리잡아
일흔 넘어 초등학교 입학했네

그 옛날 초등학교 가기는
뭐가 그리 힘들었을꼬.

손주뻘 아이들과 꼬부랑 글씨
영어캠프도 가 보고

"엄마, 순이 학교 갑니더.
학교 가고 싶어 눈물 훔치며
오빠 동생 밥 차려 주던
순이 영어도 배웠심니더.

Thank you,
I'm fine,
Wonderful!"

작가의 말

이 기사를 보고 조금 울컥했다. 옛날 그 시절엔 학교 다니기가 힘들었기에 제대로 된 학교
교육을 받을 수 없어 속상하셨을 할머니들의 어린 시절이 연상되었기 때문이다. 그리고 일
흔이 훨씬 넘은 연세에도 초등학교에 다니시며 영어캠프도 참여하시는 할머니들이 대단하
게 느껴졌다. 그래서 할머니 분들의 이야기를 시로 적고 싶었다.

'제발 쉿!' 靑 인근주민 160명의 침묵시위

　　28일 오전 10시 서울 종로구 청운효자동 주민센터 앞. 160여 명이 모여 집회를 하고 있었지만 시위 현장에서 흔히 보이는 확성기도, 앰프에서 흘러나오는 행진곡도 없었다.

　　청와대 근처에 거주하는 주민인 이들은 마이크조차 쓰지 않고 육성으로 "청와대를 향한 집회·시위에 고통받고 있다"며 호소문을 나눠 읽었다. 이어 '평온한 우리 마을을 돌려주세요' '교통감옥 해소' 등이 적힌 피켓을 들고 경복궁역까지 말없이 행진하는 침묵시위를 진행했다. 주민들은 한목소리로 "하루에도 수차례 대규모 행진과 집회로 도로가 점거되고 최근에는 천막·텐트 농성 시위가 늘어나며 보행로마저 빼앗긴 상황"이라며 "2년 만에 다시 침묵시위를 벌이게 됐다"고 토로했다.

　　이날 시위에 앞서 '청운효자동·사직동·부암동·평창동 집회 및 시위 금지 주민대책위원회'는 청운효자동 주민센터 강당에서 주민 총회를 열어 "집회·시위로 주민 생존권이 위협받고 있다"고 호소했다.

– 신혜림 기자, 매일경제, 2019.8.28.

소리쳐야지요

한효은

사회에 불만이 있다면
정치에 문제가 있다면
나라를 바꿔야 한다면
의견을 말해야 한다면

정말 버틸 수 없다면
입을 다물고 가슴에 손을 얹으며
서로가 서로의 마음에 귀를 기울이며

그렇게 그렇게
침묵하면서

작가의 말
평소에 '시위를 한다'라는 글은 많이 봤지만 시위 때문에 인근 지역 주민들이 고통받고 있을 것이라는 것에 대해서는 전혀 생각해 보지 못했다. 하루 종일 집회·농성이 끊이질 않아 평온했던 나날들을 침해 받는다면 정말 고통스러울 것 같다. 더 나은 사회를 위한 시위나 집회는 필요하다고 생각하지만 서로를 생각하며 평화로운 방법으로 진행되면 좋겠다.

'심정지 사망' 성형외과,
유가족 사칭해 '기사 삭제 요청'

'코 수술받던 대학생 사망 사건' 보도 영상을 지워달라는 것입니다. 보낸 사람은 사망한 대학생의 아버지라고 적혔습니다.

"병원에서 위로를 건넸고, 책임 있는 모습에 진실을 받아들였다"며 "해당 병원을 이해해보고자 하는 마음이 생겼다"고 돼 있습니다. "아직도 성형수술이란 단어만 들어도 눈물이 난다"면서 "아들의 행복한 모습만 기억하고 싶다"고 했습니다. "자식을 먼저 보낸 부모의 심정을 헤아려주시길 바란다"며 보도 영상을 삭제해달라고 썼습니다. 하지만 유가족이 보낸 것이 아니었습니다. 이 청원서는 성형외과 관계자가 썼고, 내용을 전혀 모르는 유가족에게 서명만 받은 것이었습니다. 그러면서도 어제 보도한 "심정지로 뇌손상이 왔다가 깨어났다는" 기사를 삭제 또는 정정해달라고 했습니다.

– 이상엽 기자, jtbc뉴스, 2019.8.28.

이름 없는 병원

이동규

수술 도중 사람이 죽었다
난 괜찮아

한두 번 그런 것도 아닌 걸
걱정하지 마

저번처럼만 하면 되지
아무 일도 없을 거야

일단 기사부터 내리고
마음잡고 다시 시작하자

병원 이름은 안 나왔으니까
이름 바꿔 시작하면
아무도 모를 거야

작가의 말 ✒

의료사고가 나도 무슨 병원인지 모른다. 이를 모르는 사람들은 다음 피해자가 되고 병원은 책임을 회피하며 살 궁리를 한다는 것에 화가 났다. 이름을 알린다고 해도 이름만 바꿔서 다시 시작하면 아무도 모르는 '새로운' 병원이 될지도 모른다는 사실을 알게 되어서 이런 시를 쓰게 되었다.

대학이 뭐라고…… 인도판 '수능'
성적 발표되자 고3들 연이은 자살

인도 중부 텔랑가나주에서 최근 며칠 새 19명의 고3 학생들이 잇따라 스스로 목숨을 버렸다. 대학 입학을 위해 필요한 '중등 시험' 결과가 발표된 후 하루에 2, 3명씩 자살을 시도하고 있다고 현지 언론은 보도했다. 교육열이 뜨거운 인도 사회의 한 단면이다. 게다가 이번 시험 채점 과정에서 석연치 않은 일들도 이어져 학생들은 물론 부모들까지 교육 당국을 비난하고 나섰다. 혼란은 계속 될 전망이다.

지난달 18일 중등 시험 결과가 발표되자 현지 경찰에는 비상이 걸렸다. 대입을 위해 기본적으로 필요한 이 시험에서의 성적이 성에 차지 않거나 부모 기대에 부응하지 못했다는 이유로 자살을 시도하는 청소년들이 잇따를 수 있다는 우려에서였다. 그리고 우려는 결국 현실이 됐다. 텔랑가나주 경찰은 30일(현지시간) CNN 방송에 "하루에 두세 건 이상 자살 사건이 접수되고 있다"며 "18일 발표 이후 지금까지 19명이 숨졌다"고 말했다. 극성스러운 교육열 탓에 인도 청소년들이 학업 성취에 대한 부모들의 기대에 시달려 온 결과다 인도 사회의 교육열은 한국 못지않게 세계적으로도 유명하다. 2015년 비하르주에서는 고1 시험 과정에서 가족이 총동원돼 시험장 건물을 타고 '커닝 페이퍼'를 수험생에게 전달하는 장면이 사진에 찍히기도 했다. 성적을 비관한 청소년들의 자살도 일상적이다. 인도 범죄기록국에 따르면 2015년에만 청소년 9,000여 명이 자살했는데, 상당수가 성적 비관으로 추정된다. 13억 인구를 가진 인도는 매년 수백만 명 학생들이 대학 입시를 치르지만, 이 중 소수만이 대학에 입학할 정도로 경쟁이 치열한 것으로 알려져 있다.

– 김진욱 기자, 한국일보, 2019.5.1.

숫자놀이

모두 똑같은 옷을 입고
모두 똑같은 책을 펴고
우리는 숫자놀이 중

너는 1등 재는 2등 나는 4등
우리는 지금 숫자놀이 중

흰 종이에 까만 글씨로
빼곡히 채워진 3

"3이 뭐니? 1, 2를 받아오란 말야!"
많고 많은 숫자들 중
나는 오늘도 1과 2만 강요받는다.
우리는 지금 숫자놀이 중

작가의 말

예전에는 '우리나라 청소년 자살률이 왜 이렇게 높지'라는 생각을 했는데 막상 고등학생이
되고나니 어떤 심정이었을지 어느 정도 이해가 됐다. 학년이 높아질수록 주변의 기대가 높
아지고 열심히 공부한 노력의 대가를 고작 숫자로 판단한다는 게 속상했다. 그래서 그런지
이 기사 속 학생들의 마음이 어땠을지도 이해가 됐다. 인도와 한국뿐만 아니라 세상의 모든
학생들이 행복한 교육을 받았으면 좋겠다.

노숙자에게 신발 벗어주고
맨발로 떠난 백발 뉴요커

길거리에 주저앉아 있던 한 젊은 남성에게 양말과 신발을 벗어주고 맨발로 자리를 떠난 미국의 백발 노인이 따뜻한 감동을 안겨주고 있습니다.

한 여성은 지난 18일(현지시간) 자신의 트위터에 "이날 오전 9시쯤 뉴욕 세계무역센터 거리에서 달리기를 하던 노인이 자신의 신발을 벗어서 노숙자에게 줬다. 노인은 맨발로 뉴욕 거리를 걸어갔다"며 "아무도 보지 않는다고 생각할 때도 우리는 선행을 한다. 며 직접 찍은 영상을 올렸습니다.

영상에는 빨간 옷에 검은색 반바지를 입은 노인이 서 있고, 노숙인으로 추정되는 한 남성이 앉아있습니다. 노인은 남성과 잠깐 대화를 나누다가 뒤도 돌아보지 않고 자리를 뜹니다. 그런데 노인이 자리를 뜨는 순간을 자세히 들여다보면 이상한 점을 발견하게 됩니다. 노인의 발은 맨발이었습니다.

– 박준규 기자, 국민일보, 2019.8.19.

발

김경민

바람 하나 막을 것 없이
외로운 길바닥에 방황하던
너의 발

나의 따뜻한 신발이
주저앉은 너의 발에
달릴 수 있는 힘을 줄 수 있다면

나의 따뜻한 양말이
차갑던 너의 발에
따뜻함을 줄 수 있다면

작가의 말

기사를 찾아보던 중 '아직 살만한 세상'이라는 기사들을 보게 되었다. 그중 가장 눈에 띄는 기사가 내가 선택한 기사였다. 길거리에 주저앉아 있는 사람에게 신발과 양말을 벗어 주고 자기는 맨발로 가는 백발의 노인에 관한 기사였다. 사실 모르는 사람에게 신발과 양말을 주기도 어려운데, 선뜻 벗어주고 맨발로 가는 것을 보니 정말 대단하다고 생각했다. 또 그 신발과 양말이 노숙자에게는 어떤 의미일지 생각해 보니 정말 감동을 받았고, 마음이 따뜻해졌다.

근로시간 단축 따른 비용을
세금으로 충당해선 안 되죠~

전국 주요 도시의 버스 파업도 결국 세금 투입 위주의 미봉적 해결로 가닥이 잡혀가고 있다. 그제 대구에 이어, 어제 다른 도시들보다 먼저 파업사태를 피한 인천은 '재정 지원으로 3년간 임금 20% 이상 인상, 정년 63세로 2년 연장'이 타결안이었다. 2014년 인천아시안게임에 시(市) 예산을 과도하게 퍼부었다가 '부실 지자체'로 몇 년간이나 행정안전부의 재정 감독을 받았던 터에 새로운 혹을 붙였다. '준공영제'가 전국적으로 확산되면 연간 추가비용은 1조3433억 원에 달한다는 추계가 나와 있는 터다.

버스 파업 대란은 막아야 하겠지만, 그 방법이 세금 투입이어선 곤란하다. 무엇보다도 버스 운영의 당사자 부담 원칙이 무시되고 있다. 공공사업의 기본인 수익자부담 원칙에서도 벗어났다. 주 52시간 근로제든 무엇이든 비용이 발생하면 이용자가 먼저 부담하고, 개별 버스회사가 감내해야 한다. 이 과정에서 고통 분담과 구조조정도 필요하다. 기사들 근로시간이 줄어든다면 그에 따른 임금 감소도 어느 정도는 불가피한 것 아닌가.

– 허원순 기자, 한국경제, 2019.5.20.

눈 가리고 아웅

정유미

위에서 꿈꾸고 있는 사람들
몽유병에 걸린 건지
흐릿한 눈으로
아래 사람들을 마구
주무르다 터지면 그제야 눈을 뜨고
아래 사람들을 탈탈

그 사람들의 아이
그 아이의 아이
그 아이의 먼 아이까지
탈탈

작가의 말

'꿈꾸는 윗사람들'은 이상과 이론만 좋은 정부고 '마구 주무르는 것'은 그들의 무리한 정책
실행을 의미한다. 인구 절벽인 상황에서 한국을 떠나려 하는 사람들도 많은데, 정책에 대
한 책임 부담을 미래 세대들과 시민들의 세금으로 자꾸 해결하려 한다는 것이 부당하게 느
껴져 이를 표현하려 했다.

청소년들 "국산 제품 쓰자" …10대도 日불매운동

19일 유통업계에 따르면 초·중·고등학생을 포함한 청소년들이 많이 사용하는 문구류부터 만화 및 게임 등 콘텐츠, 의류와 식품 영역에 이르기까지 일본제품 불매운동에 적극적으로 참여하고 있는 것으로 나타났다. 불매운동에 참여하는 이유도 명확했다. 일본제품 불매운동에 참여하는 이유를 묻는 질문에는 '과거사에 대한 반성이 없기 때문(63.1%)'이 가장 많은 답변을 차지했다. 다음으로는 '최근 정치적 이슈(무역보복)로 동참하게 됐다(22.6%)', '시국 흐름에 따라 자연스럽게 동참하게 됐다(6.5%)' 순으로 나타났다.

10대의 일본제품 불매운동 동참에 국내 브랜드는 반사이익을 누리고 있다. 특히 국산 볼펜 및 문구류 대표 브랜드인 '모나미'와 '모닝글로리'는 일본의 제트스트림과 하이테크, 시그노, 사라사 등을 대신하며 최근 청소년들의 사랑을 받고 있다.

유통업계 관계자는 "일부 청소년들은 수요집회에 참여하는 등 일본 정부를 규탄하는 적극 행동까지 이어가고 있을 만큼 적극적인 의사표현을 하고 있다"면서 "밀레니얼 세대들이 잠재적 고객인 동시에 부모의 소비 지출에 큰 영향을 미치는 만큼 직접적인 경제 주체가 아님에도 유통업체들이 마케팅에 신경을 쓰는 이유"라고 설명했다.

– 이윤화 기자, 이데일리, 2019.8.19.

목소리

고채은

안 가요
안 사요
안 써요

제트스트림 대신 모나미
유니클로 대신 탑텐

곳곳에서 들려오는 친구들의 목소리

퍼져 있던 목소리가
개미처럼 뭉쳤다

옛날 그 어린 소녀들의 울음소리
기억하며 우리는 계속 걸어나간다

이제는 우리가 나설 때

작가의 말

최근 일본의 경제보복과 과거사 문제 등으로 우리나라와 일본의 갈등이 갈수록 깊어지고
있다. 과거에는 어른들의 일이라고만 생각했지만 이제는 우리 같은 학생들도 '위안부'와 같
은 문제에 관심을 가지고 일본이 저지른 만행을 바로잡아야 한다고 생각한다. 우리는 우리
가 할 수 있는 일을 찾아 최선을 다해야 할 것이다.

구혜선-안재현 커플 3년 만에 파경……
소속사 HB엔터 발표

구혜선   안재현

배우 구혜선 씨(35)와 안재현 씨(32)가 결혼 3년 만에 파경을 맞았다. 그러나 안씨와 소속사가 결혼 생활을 유지하기 어렵다고 판단한 것과 달리 구씨는 이혼 결정 소식이 전해진 후에도 "가정을 지키고 싶다"고 재차 밝히는 등 심경 변화를 보여 양측이 완전히 정리하기까지는 갈등이 지속될 것으로 보인다.

두 사람의 소속사 HB엔터테인먼트는 18일 "많은 분의 격려와 기대에도 최근 들어 두 배우는 여러 가지 문제로 결혼생활을 유지할 수 없는 상황에 이르렀고, 진지한 상의 끝에 서로 협의해 이혼하기로 결정했다"고 밝혔다.

HB엔터테인먼트는 "두 배우의 소속사로서 지난 몇 달 동안 함께 진지한 고민과 논의 끝에 내린 두 사람의 결정에 대해 이를 존중하고, 앞으로 두 사람 모두 각자 더욱 행복한 모습으로 지내기를 바란다"고 설명했다.

구씨와 안씨는 2015년 KBS 2TV 드라마 '블러드'에서 호흡을 맞췄으며, 작품 종영 직후 교제를 시작한 사실이 공개됐고 이듬해 5월 결혼했다.

– 김슬기 기자, 매일경제, 2019.8.18.

꽃과 사랑

김세련

이제서야
물을 주고
빛을 주고
노력하면 뭐해

이미 시든 꽃은
살아나지 않는데

시든 꽃과 같이
사랑도 그래

이제서야
예뻐하고
노력하면 뭐해

이미 시든 사랑은
살아나지 않아

작가의 말

시든 꽃을 아무리 다시 사랑으로 키우고 노력한다 해도 이미 한번 시들어 버린 꽃은 다시 살아날 수가 없다. 이미 식어 버린 사랑도 시든 꽃과 같다고 생각한다. 아무리 다시 노력하고 사랑한다 해도 결국엔 사랑도 다시 살아날 수 없을 것이라고 생각한다.

수원 노후 아파트서 외벽 균열 발생……
주민 100여 명 대피

　경기도 수원의 한 노후 아파트 외벽에 균열(사진)이 발생, 주민들이 대피하는 소동이 빚어졌다. 경찰과 소방당국 등에 따르며 지난 18일 오후 7시쯤 수원시 권선구 구운동의 15층짜리 아파트에 붙어 있는 콘크리트 재질 환기구에 균열이 발생했다는 신고가 잇따라 접수됐다.

　주민들은 119에 "아파트 외벽에 붙어 있던 환기구 기둥에서 콘크리트 파편이 떨어지고 있다"라고 신고했다. 소방서 조사 결과 이 아파트의 10~15층 외벽과 환기구 연결 부분에 균열이 생긴 것으로 확인됐다. 이 사고로 환기구와 인접한 30가구, 주민 100여 명이 관리 사무실과 노인정, 인근 권선구청 대강당 등으로 대피했다.
　시청은 이들 현장에 종합 상황실을 마련해 주민들에게 구호 물품을 지급하고 있다.

경찰은 만일의 상황에 대비해 현장 접근을 통제하고 있으며, 시청은 날이 밝으면 정밀 구조진단을 벌여 원인을 파악할 예정이다. 균열 사고가 발생한 아파트는 1991년 완공됐으며, 문제가 된 환기구는 오수처리 시설과 연결된 것으로 전해졌다.

– 한윤종 기자, 세계일보, 2019.8.19.

다행이다

장민주

18일 밤 7시
수원의 한 아파트

쩌억-쩌억
갈라지는 벽면

쿠르릉-쿵쾅
부서지는 콘크리트

놀란 가슴 안고
대피소로

다행이다
오래된 구조물
위태롭게
버텨 주어서

작가의 말

어제 인터넷에서 신문기사를 읽고 있는 와중에 수원의 한 아파트가 붕괴 우려에 있다는 기사를 보게 되었다. 다행히도 붕괴되기 전에 약 30세대 92명의 주민들이 대피했고 그 후에 아파트를 철거작업 중이라고 한다. 나는 많은 주민들이 위험에 빠져 있다는 것을 알리고 싶어 이 시를 적게 되었다. 아파트가 쓰러지지 않아서 다행이다.

"아이들 눈높이로 세상을 보니 진실이 보였죠"

한국 영화에서 아이들이 주인공인 경우는 흔치 않다. 쉽지 않은 작업이어서다. 영화를 만드는 것은 대개 어른들이기에, 그 어른의 시선에서 바라본 아이의 세계란 어쩔 도리 없이 왜곡된다. 요컨대 이것은 높낮이와 마음 자세의 문제다. 최대한 아이의 시선으로 내려와 아이의 마음으로 세계를 바라보려 할 때라야, 진실에 가까운 풍경이 빚어지기 때문이다. '누구든지 이 어린아이와 같이 자기를 낮추는 사람이 천국에서 큰 자'라는 마태 복음 구절은, 이것이 얼마나 어려운 일인지를 은연중 드러내준다. 하지만 그 어려운 일을 해내는 인물이 있다. 바로 윤가은 감독(37)이다. '우리집'은 그가 3년 만에 내놓는 두 번째 장편이다. 전작이 '친구'가 방점이었면, 이번엔 '가족'으로 범위를 넓힌다. 공간 역시 아이들 집과 동네, 이름 모를 바닷가로까지 뻗쳐 움직임과 동선을 확장한다. 게다가 이 세계의 아이들은 어른들에게 종속된 객체가 아니다. 스스로 생각하고 판단하고 움직이며, 그러면서 마주한 난관을 어떻게든 꿋꿋이 이겨내려 한다.

윤 감독은 "아이들 눈높이와 말투에 최대한 다가가려 했다"고 말했다. "키가 작은 만큼 아이들 눈높이로 내려갔죠."

– 김시균 기자, 매일경제, 2019.8.18.

문

황유미

"똑똑똑"
누군가가 방문을 두드린다
엄마다

엄마 입에서
나오는 말은 겨우
너 성적 떨어졌더라, 나가서 놀지 마, 이성친구 사귀지 마

"똑똑똑"
어, 또 엄마네

나는 방문이 아닌
마음의 문을 닫았다

작가의 말

'아이들은 어른들에게 종속된 객체가 아니고 스스로 생각하고 판단할 수 있는 존재'라는 윤가은 감독의 의도를 시에 담고 싶었다. 그리고 부모님들이 아이들이 무엇을 좋아하는지보다 성적에 더 관심을 가지는 것에 억압을 받은 아이의 마음을 표현하고 싶었다.

'사랑해서 때렸다?'
연인 데이트 폭력 명백한 범죄

　사랑으로 포장된 연인 사이의 폭행이나 괴롭힘과 같은 이른바 '데이트 폭력'이 끊이지 않고 있다.

　단순 폭행을 넘어 목숨을 앗아가는 심각한 범죄로 발전할 위험성이 크지만 연인이라는 특수 관계와 보복 범죄 등 2차 피해를 우려해 신고를 꺼리는 경우가 여전하다.

　더불어민주당 소병훈 국회의원이 지난 국감에서 경찰청으로부터 제출받은 자료에 따르면 전국에서 발생한 데이트 폭력은 2014년 6675건, 2015년 7692건, 2016년 8367건, 2017년 1만 303건으로 꾸준히 늘었다.

－ 박태성 기자, 뉴스1 2019.8.22.

사랑이란

김나현

선물 같은 것
예쁜 포장지에 감싸져 있는
선물 같은 것

아껴두고 싶어
꽁꽁 숨겨 두었다가
편해지니
포장지를 벗겼네
썩은 마음
숨기느라 애썼네

썩은 과일 같은 것
예쁜 포장지에 감싸져 있는
썩은 과일 같은 것

작가의 말

데이트 폭력에 관한 기사를 읽으며 데이트 폭력의 피해자가 상상도 할 수 없이 많다는 것
과 가해자 중 대부분은 신고도 당하지 않은 채 평범하게 잘 살고 있을 거라는 것을 알게 되
었다. 그것에 대해 충격을 받아서 데이트 폭력에 관한 시를 쓰고 싶었다. 또 내가 선택한 기
사의 내용 중 '사랑으로 포장 된'이라는 부분을 보고 내용에 대한 아이디어를 얻게 되었다.

세계보건기구(WHO) 배아 유전자 편집에
반대 의사 표명

　세계보건기구(WHO)는 각국이 생식세포 편집으로 불리는 인간 배아의 유전체를 편집하는 모든 연구에 대해 반대 의사를 표명하고 나섰다. WHO 테드 로스 아드하 놈 게 브레 예 수스 사무총장은 지난 7월 말 "모든 국가의 규제 기관들은 이들의 영향이 확실하게 파악될 때까지 이 분야에 대한 어떠한 추가 연구도 허용해서는 안 된다"라고 밝힌 바 있다.

　작년 11월 중국 과학자인 허 지안 쿠이는 소위 유전자가 위로 알려진 CRISPR라는 유전자 편집 기술을 활용하여 최초로 유전자 편집된 쌍둥이 여아를 만들어내면서 과학자의 윤리와 관련 세계적인 이목을 끌었다. 네이처에 발표된 보도에 따르면 러시아 모스크바에 위치한 대형 불임 병원의 유전체 편집 실험실 책임자인 데니스 레브 리코프가 지난 6월 올해 말까지 유전자 편집 아기를 생산할 계획을 발표함으로써 이러한 우려를 더

하고 있다. 미국 정부는 FDA가 배아의 유전자 변형에 관련된 심사나 자금을 지원하는 것을 금지시켰다. 이는 이러한 변형 기술이 다음 세대로 전달되거나 의도하지 못한 결과를 발생시킬 수도 있다는 것에 대한 우려 때문이다. CRISPR은 비교적 저렴하고 이용도 쉽기 때문에 흑심을 품은 과학자들이 온라인에서 필요한 요소들을 구입하여 비밀 실험실에서 배아 유전자를 편집한다면 WHO에서도 막을 수 없다.

– 김형근 기자, 글로벌이코노믹, 2019.8.22.

인간의 끝

오재영

알아요
마음만 먹으신다면
185 근육질에
명석한 두뇌에
절대 아프지 않는
슈퍼 인간 만들 수 있다는 것을

그래도 멈춰 주세요

아시잖아요
이대로 가다가
마주할
인간의 끝

작가의 말

기사를 읽다가 마지막 문장이 눈에 띄었다. 흑심을 품은 과학자들이 비밀리에 편집기술을
사용한다면 이는 WHO도 막을 수 없다고 한다. 실제로 그런 기술을 적용한 사례가 있어서
놀랍기도 하고 윤리보다 사욕을 택한 과학자들이 실망스럽기도 했다. 그래서 그러한 과학
자들에게 편지를 쓴다고 생각하고 하고 싶은 말을 시로 나타내었다.

몰래 의자 뒤로 뺀 동료
엉덩방아 찧게 한 60대 벌금형

23일 법조계에 따르면 서울중앙지법 형사 4단독 홍준석 판사는 주부 최 모(61) 씨에게 폭행 혐의를 유죄로 인정해 벌금 50만 원을 선고했다.

홍 판사는 "피해자가 바닥에 넘어지게 할 의사로 피해자 몰래 의자를 치웠다고 할 수 있다"라며 "폭행의 고의를 인정할 수 있다"라고 판단했다. 최 씨 측은 피해자가 재개발조합 일을 방해한 것에 대한 정당행위라고 주장했지만 홍 판사는 "의자를 몰래 빼는 행위는 크게 다치게 할 수 있는 위험한 행위"라며 받아들이지 않았다. 최 씨는 지난해 11월 서울의 한 재개발조합 사무실에서 A 씨가 의자에 앉으려 하자 갑자기 의자를 뒤로 빼 A 씨가 바닥에 엉덩방아를 찧게 한 혐의를 받는다.

이 광경을 목격한 동료 B 씨가 "이렇게 해서 사람이 정말 죽으면 어떡하나. 이건 살인행위"라고 말하자 최 씨는 "다치라고 뺐지"라고 말한 것으로 조사됐다.

– 성도현 기자, 연합뉴스 2019.8.23.

멍

이영서

'쾅'
키보드 소리 전화 벨 소리
고요한 적막 깬 굉음

무슨 일이지
두리번 두리번

나를 둘러싼
수많은 별
수많은 시선
넘어진 의자 뒤엔
하나의 시선만이

애써 웃는 나
진짜 웃는 너

"다치라고 뺐지."

엉덩이보다
머릿속에 더 깊이 박힌
멍

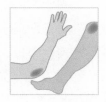

작가의 말

최 씨가 악감정을 가지고 의자를 빼서 다치게 된 동료의 입장에서 시를 써 보았다. 처음 의
자 빼는 것을 당했을 때 자신은 그저 장난이라고, 장난이 좀 지나쳤다고만 생각하여 아무
말 못하였을 것이다. 하지만 조사 중 최 씨가 불순한 의도를 가지고 다치게 하기 위해 뺐다
는 말을 들은 후에는 실망, 분노, 당황 등 많은 감정들이 머릿속을 스쳐 지나갔을 것이다.
이 감정은 당사자만이 알 것이기 때문에 내용을 더 이상 잇지 않았다. 그리고 당사자에게
그날은 멍처럼 오랫동안 뇌리에 깊게 박혔을 것이라 생각해서 제목을 '멍'이라 표현하였다.

위안부 피해자 곽예남 할머니 별세……
생존자 22명

문재인 대통령이 지난해 8월 14일 충남 천안 국립 망향의 동산을 방문해 일본군 위안부 피해 생존자 곽예남 할머니와 인사를 나누고 있다. 국립 망향의 동산은 해외동포들을 위한 국립묘원으로, 위안부 피해자들의 유해도 안치돼 있다.

위안부 피해자 중 유일한 광주·전남 지역 생존자였던 곽예남 할머니가 2일 별세했다. 향년 94세. 지난 1월 28일 고 김복동 할머니가 세상을 떠난 지 33일 만이다. 이로써 위안부 피해자 생존자는 22명으로 줄었다.

곽 할머니는 1944년 봄 만 열아홉살의 나이로 일본군 위안부로 끌려갔다. 이후 일본의 패전으로 풀려난 곽 할머니는 중국에서 60여년을 살았다.

우여곡절 끝에 2004년에서야 가족들의 노력으로 고국에 돌아온 곽 할머니는 2015년 12월 폐암 4기로 6개월 시한부 판정을 받았지만, 병환이 더 진전되지 않아 3년이 넘는 선물 같은 시간을 보냈다. 정의기억연대(정의연)는 페이스북을 통해 곽 할머니의 부고를 전하면서 "할머니는 어쩔 수 없이 중국에 머물면서도 고국의 국적을 버리지 못하고 힘든 생을 어렵게 버텨내셨지만 결국 일본 정부의 사죄 한 마디 받지 못했다"고 안타까워했다. 이어 "(곽 할머니는) 힘든 삶이었으나 온 힘을 다해서 살아내셨다"며 "강한 생명력으로 살아내신 삶, 잊지 않겠다"고 추모했다.

— 노정연 기자, 경향신문, 2019.3.2.

열아홉의 봄

이나경

열아홉의 봄이었습니다.

따스하던 봄기운이 나를 감싸던
반짝이던 꽃잎이 흩날리던
조그마한 나비가 살랑대던
그런 행복하던 봄이었습니다.

바람이 날 찾아왔습니다.
바람은 나의 봄을 짓밟고 지나갔습니다.
그렇게 나의 봄은 무너졌습니다.

아직도 따스했던 봄을 잊지 못합니다.
아직도 그 끔찍했던 바람을 잊지 못합니다.

바람이 불어옵니다.
바람에 휩쓸려 나도 사라지려 합니다.
숨이 막히고 가슴이 찢겨나간 고통이 날 덮쳐옵니다.

나는 아직 열아홉의 무너진 봄을 잊지 못합니다.

작가의 말

지난 8월 14일이 무슨 날인지 알고 계셨나요? 바로 '위안부 기림의 날'이었습니다. 올해도 3월에 위안부 할머니 중 한 분이신 곽예남 할머니께서 별세하셨습니다. 앞으로 우리는 이 끔찍한 역사를 잊으면 안 될 것이라는 생각과 먼저 떠나신 할머니들을 위해서 일본의 정당한 사과를 받아야 할 것을 되새기자는 의미로 위안부이셨던 할머니들의 입장에서 시를 써 보게 되었습니다.

폭염 속 밭일하던 80대 남성 숨진 채 발견

폭염 속 텃밭에서 일하던 80세 남성이 숨진 채 발견됐다. 검안 결과 A 씨는 강한 햇볕에 오래 노출돼 열사병으로 사망한 것으로 보인다고 경찰은 밝혔다.

– 류영주 기자, 데일리안, 2019.8.15.

배추 김치

류지원

우리 손주 손수 키운 김치 먹여야지
새벽 4시부터 자기 몸 힘든지
모르시던 할아버지

땡볕에 햇볕이 쨍
제 몸 생각지도 않고, 손주 생각뿐이시던
절여지던 할아버지

어둑어둑 어둠과 함께
소금에 절여진 배추가 되어서야
실려 오신 할아버지

우리 집에 배추 김치로 남은
우리 할아버지

작가의 말

평소 손주들을 지극히 사랑하시는 할머니와 할아버지의 모습을 많이 보았다. 그래서 뜨거
운 여름 땡볕에서도 손주 먹일 생각으로 농사를 지으시는 할아버지, 할머니의 사랑과 헌
신을 드러내고자 하였다. 시를 쓰면서 우리 할머니에 대해서도 한번 생각해 보게 되었다.

'스쿨 미투' 1년, 피해 학생은 떠났고
가해 교사는 돌아왔다

서울 노원구에 위치한 용화여자고등학교는 1년 전 전국에 '스쿨 미투'를 번지게 한 '발화점'이다. "나는 네 속이 궁금하다", "밤 장사 하러 가니" 등 교사들의 '폭력'에 대한 졸업생과 재학생들의 제보가 쏟아졌고, 그해 여름 교사 18명이 사상 초유의 무더기 징계를 받았다. 봄부터 200일 이상 교실 창문에 가득했던 #Me Too #With you 포스트잇도 그해 말 모두 떼어졌다. 학교는 그렇게 사건을 수습해가는 듯 보였다. 그리고 지난 3월, 가해자로 지목돼 징계를 받은 교사 15명이 신입생들과 함께 교정을 밟았다.

― 구민주 기자, 시사저널, 2019.6.18.

Me too, with you

김가영

포스트잇 하나 붙이는데 200일
200일의 용기를 떼지 말아 주세요

작은 종이 장작 되어 큰 불이 되었네
곳곳에서 뜨거워 살려줘
me too

불씨 지나간 자리 그을린 듯
검고 빼곡한 글씨 가득

200일의 시간이 무색하게도
힘없이 떨어지는 포스트잇

접착력이 다한 걸까
누가 떼어 버린 걸까

이번에는 꼭 잘 붙어 있어 줘
다시 꾹꾹,
Me too. With you.

작가의 말

작년부터 큰 이슈가 되었던 '미투'는 학생들에게까지 퍼지게 되었고, 교육의 장소인 학교에서도
성희롱 혹은 성추행 사건이 일어난다는 사실에 정말 화가 나고 충격을 받았다. 부당한 일이 있
을 때, 언제든 용기있게 me too를 외칠 수 있도록 미투의 불꽃이 사그라들지 않았으면 좋겠다.

'TV 동물농장' 고양이 머리에
대못이…… '무슨 사연?'

　　지난 7월, 전북 군산의 한 주택가에 참혹한 몰골로 동네를 떠돌아다니는 동물이 있다는 충격적인 제보를 받고 'TV 동물농장' 제작진이 현장을 찾았다. 그곳에서 발견한 것은 대못으로 추정되는 물체가 머리에 박혀있는 고양이였다.

　　20일 넘게 길고양이 보호단체가 구조에 나섰지만 넓은 행동반경과 심한 경계심 탓에 사람을 피해 숨어다녀 구조에 난항을 겪고 있다고 했다. 제작진까지 합세하여 쫓고 쫓기는 추격전 끝에 가까이서 본 녀석의 상처는 생각보다 더욱 심각했다.

– 정시내 기자, 이데일리, 2019.8.18.

대못

군산의 한 주택가
떠돌아다니는 길고양이 하나

이 녀석의 머리엔
정체 모를 못이 하나

무엇이 무서울까
자꾸 사람을 피해 다니기만

고양이의 마음 속에도
대못이 박혔다

작가의 말

머리에 대못이 박힌 길고양이 사연 기사를 읽으면서 나의 가슴 속에도 대못이 박힌 것처럼
가슴이 찡하고 안타까웠다. 이 상처 많은 길고양이를 내가 도와주고 싶었다. 모두가 서로의
마음에 박힌 대못을 알아 주고 이를 치료해 주면 좋겠다.

"아이 보라고 틀었는데 내가 더……"
3040세대가 애니메이션에 빠진 이유

"아이 보라고 틀어놨는데 이젠 제가 더 많이 찾아봐요."

김준성 씨(39)는 요즘 애니메이션 '검정고무신'에 푹 빠졌다. 우연히 TV에서 재방영하던 작품을 본 뒤로 아이도 같이 봤으면 하는 마음에 해당 채널 시청을 시작했다.

네 살, 일곱 살 아이를 둔 이수지 씨(37)도 최근 '짱구는 못말려' 팬이 됐다.

애니메이션 '올드보이' 캐릭터들이 속속들이 브라운관으로 귀환하고 있다. 그런데 주 시청자가 어린 시절 만화를 보며 성장한 30, 40세대들. 작품 속 캐릭터와 함께 추억여행을 떠나고 있다. 만화·애니메이션 업계도 메인 타깃을 영·유아 층에서 30~49세 중년층까지 확장하는 전략으로 변화를 꾀하고 있다.

– 김기윤 기자, 동아일보, 2019.8.22.

엄마랑 나랑

장민경

내가 제일 좋아하는 건
만화

그 세상에 빠지다 보면
입꼬리가 씰룩

시간이 얼마나 흘렀을까
엄마의 잔소리
"만화 좀 그만 봐!"

입꼬리는 어느새
저만치 아래로 삐죽

또 얼마나 흘렀을까
엄마의 웃음소리

만화 속 세상에 빠져
아이가 돼버린
우리 엄마

작가의 말

내가 어렸을 때 애니메이션을 너무 많이 보다가 엄마한테 잔소리를 많이 들었던 경험을 담아 적은 시이다. 어렸을 때 나는 '이 재미있는 걸 왜 엄마는 보지 않고 자꾸 보지 말라고 잔소리 하지'라는 생각에 속상했던 적도 많았다. 엄마랑 나랑 함께 만화를 즐겨 보는 어릴 적 나의 희망을 담았고, 만화를 보는 엄마의 모습을 아이가 되어 버렸다고 표현했다.

"내 아이 잘못 아니어서 다행"……
'故 김용균 씨' 어머니,
눈물로 들은 아들 사고 진실

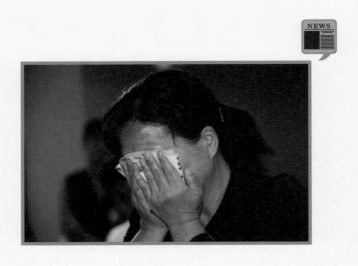

　　지난해 12월 충남 태안발전소 비정규직 노동자 김용균(당시 24세) 씨가 왜 참혹한 모습으로 세상과 이별해야 했는지가 밝혀졌다. 특조위는 사고 원인을 김 씨의 부주의가 아닌 '원청과 하청의 책임회피 구조' 때문으로 판단했다. 원청은 작업자가 자사 노동자가 아니라는 이유로, 하청업체는 자사 설비가 아니라며 서로 책임을 미룬 것이다.

　　김 씨는 부주의해서가 아닌 '근무수칙'을 정확히 지키다 안타까운 죽음을 맞게 된 것이다. 또한 사고 시 구조 요청을 못하는 2인 1조가 아닌 혼자 근무했던 것도 근로자 안전보다는 비용 절감이 우선이었다는 점에서 '인재'라 할 수 있다. 한편 김 씨 유족인 어머니 김미숙 씨는 '아들이 잘못해서 죽은 것이 아니라는 데에 안도감을 느낀다'고 말해 주위를 더 안타깝게 했다.

− 조현아 기자, 헤럴드경제, 2019.8.20.

노동자의 벨트

최수영

매일의 출근, 벨트 매던 그 청년은
그날 컨베이어 벨트가 자신을 옥죌 줄 알았을까

매일 회사 위해 일해 왔던 그 청년은
그들이 자신을 저버릴 줄 알았을까

개인의 과실, 누명에 목이 졸린 채 청년은
눈을 감고서도 편히 쉬지 못하였구나

8개월 지나 누명 벗은 청년
이제야 벨트 풀고 편히 퇴근하게 되었구나

작가의 말 🖋

이 사건 외에도 산업재해에 휘말린 피해자가 억울하게 개인의 과실이라는 누명을 쓰거나
세상에 알려지지 않고 은폐되는 사례가 많다고 한다. 이 시로 그들을 위로해 주고 싶다는 생
각을 하였고, 처음 이 기사를 접하였을 때 '김용균 씨에게 매일의 힘든 출근과 억울하게 씌
어진 누명이 꼭 자신을 죽인 컨베이어 벨트와 같이 자신을 계속 압박하고 있는 벨트와 같았
겠다.'라고 생각하여 마지막에 벨트를 풀고 퇴근하는 모습을 나타내려고 하였다.

"청소노동자 어디서 쉬어야 하나요"
60대 청소노동자 휴게실서 숨져

지난 9일 낮 12시 30분께 서울대 관악캠퍼스 제2공학관 지하 1층 직원 휴게실서 청소노동자 A 씨(67)가 숨진 채 발견됐다. A 씨가 숨진 휴게실은 계단 아래 가건물 형태로 만들어진 곳이다.

노조는 열악한 휴게실 환경이 A 씨의 죽음에 영향을 끼쳤다고 주장했다. 비정규직 없는 서울대 만들기 공동행동은 14일 성명을 내고 "이 죽음에는 우리 사회가 저임금 노동자, 용역업체 비정규직 출신의 노동자를 대해 온 방식이 녹아 있다"라고 지적했다. 이들은 "67세의 고령 노동자를 고용하면서도 그렇게 더운 날 그토록 비인간적인 환경에 그를 방치한 것은 분명 사용자인 학교 측의 책임"이라고 거듭 지적했다.

노조는 "휴게공간은 계단 밑에 위치해 있는데 문 방향으로 강의실이 있어 덥거나 답답해도 문을 열어 놓기 힘들었다"라며 "환풍기가 있었지만 환기가 잘 안 되고 창문도 없어서 곰팡이 냄새가 심해 장시간 머물면 호흡 곤란이 발생했다"라고 지적했다.

– 한승곤 기자, 아시아경제, 2019.8.16.

찜통

안신영

대학교 지하 1층 계단 아래
휴게실이라는 이름의 찜통 속에서 지낸다

건물 구석구석 깨끗하게 닦은 후
곰팡이 있는 찜통으로 들어간다

학생들 공부 방해되지 않도록
바람 들 날 없는 찜통 뚜껑을 닫는다

폭염보다 뜨거운 찜통 속에서
그보다 더 뜨거운 무관심에 녹아 버렸다

작가의 말

우리가 깨끗한 환경 속에서 살아가는 동안 그 환경을 만들어 주는 청소노동자들은 더럽고 열악한 환경에서 쉰다는 것이 안타까웠다. 그들이 어떻게 지내는지에 관심을 갖지 않은 학교 측이 잘못되었다는 것을 비판하려 했다. 나 또한 이 기사를 접하기 전에는 이런 일이 일어나고 있는지 몰랐다. 나처럼 청소노동자들의 현실에 무관심했던 사람들에게 그들의 현실이 어떤지 알려 주고 싶었다.

설밑, 재건축 앞둔 대구 신암동
쪽방촌 세입자들의 애환

"아프고, 보증금 없어. 다른 방은 생각도 못해요"

설밑 신암동 쪽방촌의 밤은 어색할 만큼 고요하다. 주택 재건축 단지로 지정되면서 건물주들은 주택을 매매했고, 쪽방에 살던 세입자들도 떠나갔다. 쪽방촌 건물마다 붉은 래커로 엑스(X)표시와 공가(빈집)라고 적혔다.

D 여관 107호 세입자 곽상길(70, 가명) 씨는 20년 넘게 쪽방에서 살고 있다. 세월이 지나면서 쪽방은 삶의 모든 것이 됐다. 이번 설날, 곽 씨는 마음에 짐이 하나 더 생겼다. 이곳 쪽방촌이 재개발 지역에 포함되면서, 조만간 다른 거처를 구해야 한다. 겨울철, 거동이 불편해 옮길 방을 알아볼 생각은 하지 못한다. 그러는 동안 문 닫는 쪽방이 늘어났다.

동구청에 따르면, 잔여세대 35세대 중 기초생활보장수급자는 20세대다. 나머지 15세대는 저소득층이다. 수급자 20세대 중 이사 계획이 있는 세대는 14세대. 나머지 6세대는 곽 씨처럼 이도 저도 여의치 않다. 이들은 이미 주거급여를 받아 월세를 내고 있기 때문에, 동구청이 별도로 지원할 수 있는 예산이 없다.

– 박중엽 기자, 뉴스민, 2019.2.3.

신암동

김지윤

오랜만에 놀러 간 할아버지 집, 신암동
그곳에는 '접근금지' 스티커와 텅텅 빈 쓸쓸함뿐
너무 낡아 재개발 하고 있다는 할아버지 말씀
그 덤덤한 말씀 속 묻어 있는 작은 떨림

누가 우리 가족의 추억을 없애려 하는가
지금은 볼 수 없는 우리 할머니,
그리고 젊은 그녀와 사랑을 약속한 할아버지의 추억
나만했던 우리 아버지가 뛰놀던 골목
할머니와 할아버지를 처음 만나던 우리 어머니의 떨림
나와 사촌들이 신나게 축구하던 공터

누가 우리 가족의 추억을 없애려 하는가
사라져 가는 신암동 속에서
내가 할 수 있는 건
이 모든 추억들이라도 쓸려가지 않도록
꼭 붙잡고 있는 것뿐

작가의 말

오랜만에 놀러 간 할아버지 댁 동네, 신암동에 가 보니 재개발을 진행한다고 접근금지 스티커가 가게마다 붙어 있었다. 다행히 할아버지 댁 쪽은 아직 재개발 해당 구역이 아니었지만, 곧 할아버지 댁도 재개발될 것이라는 말을 들었다. 그 말을 듣는 순간 가슴이 먹먹해졌다.

부족한 외과 의사를 늘리려면

　예전부터 외과나 흉부외과는 '기피과' 1순위였다. 힘들고, 위험하고, 어려운데다가 보상도 적으니 어찌 보면 당연한 것이다. 그래도 외과를 보고 자신의 미래를 거는 이가 언제나 적게나마 있었다.

　그러나 더는 '힘들지만 사람을 살리는', '생명을 다루는 멋있는', '고되지만 보람 있는'과 같은 낭만적인 수사가 현실의 피곤함에 지친 젊은이에게 통하지 않는 듯하다. 올해 양산부산대병원 외과에 지원한 전공의가 한 명도 없었다. 내년에는 전공의 1년 차가 없는 한 해가 될 것 같다. 더욱 우리를 두렵게 하는 것은 이런 식으로 한 번 전공의가 안 들어오기 시작하면 그다음 해에는 더더욱 모집하기가 어려울 것이라는 예측 때문이다.

– 최병현 기자, 국제신문, 2019.12.9.

희미해져가는 소리

남다현

매쓰, 썩션
긴장감 흐르는 수술실

삐빅, 삐빅, 삐빅
불안한 바이탈 소리

잿빛 심장 꺼내들고
작은 기구 의존한 채
심장을 핏빛으로 되돌리려는
의사들의 땀이 흐르는 소리

희미하게 사라지는
그 소리

들리는 거라곤,

"여드름 압출해 드릴게요.
레이저에요 겁 먹지마세요.
수분 보충해드릴게요……."

작가의 말 🪶

의학드라마를 생각했을 때 우리가 흔히 떠올릴 수 있는 이미지는 푸른색 수술복, 날카로운 수술
도구 그리고 긴박한 기계음 소리이다. 보통 외과나 산부인과, 흉부외과 등 힘들고 의료사고의
위험이 높은 수술을 하는 과들의 모습이 우리가 흔히 아는 의사의 모습이다. 하지만 최근 들어
서는 피부과나 영상의학과 등 다소 쉬운 일을 하는 의사들이 많아지고, 보통 우리가 쉽게 떠올
리는 과의 의사들은 적어진다. 심각한 질병에 걸렸을 때 치료해 줄 의사가 부족한 것에 대한 안
타까움과 쉽고 힘들지 않은 과를 선택하려는 사람들이 많아지는 현실을 시로 보여 주고자 했다.

대구 이월드 다리 절단 사고는
안전불감증, 잘못된 관행이 원인

　대구 이월드 놀이기구 아르바이트생 다리 절단 사고는 안전불감증과 잘못된 관행에 따른 인재인 것으로 드러났다.

　22일 대구 성서경찰서는 이날 오전 피해 아르바이트생 A(22)씨를 50분간 대면 조사해 "출발하는 열차 맨 뒤에 서 있었으며 맨 앞칸 출발지점 승강장에 뛰어내리려 했으나 발이 미끄러졌고, 기구가 오른쪽으로 돌아가는 과정에 균형을 잃어 좌측 풀숲으로 뛰어내렸다"는 진술을 받았다.

　대구 이월드에서는 지난 16일 놀이기구인 허리케인 근무자 A씨가 열차와 레일 사이에 다리가 끼면서 오른쪽 무릎 10cm 아래가 절단되는 사고를 당했다.

경찰은 사흘 뒤 국과수와 합동으로 기기 작동 여부를 감식했으나 육안
상 기계 결함은 확인되지 않았다.

– 김선형 기자, 연합뉴스, 2019.8.22.

허리케인

임서현

레일이 오르막에 이를 때
사람들이 비명을 지른다

레일이 내리막에 다다를 때
사람들이 비명을 지른다

오르막도 내리막도 아닌 이곳
비명을 지르는 이는 없다

보이는 건 풀숲뿐인 이곳
비명을 지르는 이는 없다

그의 목소리에 맞춰 춤추던 음악은
그의 목소리를 집어삼키고

그의 몸짓 맞춰 움직이던 열차는
그의 몸짓을 멎게 하였다

오르막도 내리막도 아닌 이곳
비명을 지르는 이는 하나뿐

허리케인이 휩쓸고 간 자리
그는 홀로 앉아 비명을 지른다

잘려나간 청춘의 일부를 바라보면서

작가의 말

대구 이월드에서 허리케인 아르바이트생이 다리 절단 사고를 당했다는 소식을 들었다. 정
말 끔찍했다. 우리보다 고작 4살 밖에 많지 않은데 한순간에 다리 하나를 잃었다. 그곳의
음악 소리가 컸던 탓에, 구조 요청 소리를 들을 수 없어 운행이 끝난 뒤에야 그 사실을 알았
다고 한다. 그 시간이 얼마나 길게 느껴졌을까? 아무도 없는 곳에서 홀로 비명을 지르던 그
는 얼마나 무서웠을까, 얼마나 아팠을까.

팬 모으러 온 한국, 팬 잃고 떠난
호날두 '기본이 안 됐다'

크리스티아누 호날두(34·유벤투스)는 한국에 왜 왔을까. 팬 확충의 일환이었으나 오히려 팬을 잃었다. 유벤투스와 호날두의 '노쇼'에 축구팬이 단단히 뿔났다. 팬과 교류는 거의 없었다. 팬 사인회가 진행됐지만 축소됐으며 호날두 등 주요 선수가 빠졌다. 본 경기 킥오프는 1시간 가까이 지연됐다. 사상 초유의 일이다. 이에 대해 유벤투스는 어떠한 사과의 뜻도 전하지 않았다. 호날두는 아예 축구공도 다루지 않았다. 워밍업은 모두 빠졌다. 그가 한 일은 그저 벤치에 앉은 채 중계 카메라에 얼굴을 보여주는 것이었다. 간단한 손 인사로 축구팬을 열광케 했지만 그가 있어야 할 곳은 벤치가 아니었다. 호날두를 보러 전국에서 몰려들었다. 값비싼 입장권에도 지갑을 열었다. 그만큼 호날두에 대한 애정이 컸다. 그러나 호날두의 한국 축구팬을 향한 애정은 매우 작았다. 아니 보이지 않았다. 그는 짜

증만 냈다. 표정은 시종일관 어둡기만 했다. 호날두는 끝까지 무성의했다. 취재진과 인터뷰도 거부했다. 그는 빠르게 선수단 버스에 몸을 실었다. 12년 만에 한국 땅을 밟았을 때와 마찬가지였다. 그러나 많은 걸 잃었다. 그들을 연호하던 축구팬은 확 줄었다. 몰상식하고 배려심 없는 그들에게 쓴소리를 퍼붓고 있다. 팬을 늘리러 온 한국 투어에서 팬을 잃고 돌아갔다.

– 이상철 기자, MK스포츠, 2019.7.27.

슈퍼스타

최제훈

슈퍼스타 호날두
팬들 위해 한국 왔네

축신날두 경기 보러
6만 관중 모여드네

팬사인회 참여 거부
왔던 팬들 울상 짓네

몸풀기도 하지 않고
벤치에만 앉아 있네

팬들에게 사과 없이
호다다닥 고국 갔네

슈퍼스타 호날두?
아니 이젠 날강두!

작가의 말

국내에서 메시와 더불어 가장 인기 있는 호날두가 한국에 온다는 소식을 듣고 많은 사람들 뿐만 아니라 나도 엄청난 기대를 하고 있었다. 하지만 한국에 와서 팬들을 무시하는 태도를 보여서 화가 났다. 시를 쓰고 나니 후련한 기분이 든다.

죽어도 장례도 못 치르는 탈북 모자

서울의 한 아파트에서 아사(餓死)한 것으로 추정되는 탈북민 한 모 씨와 6살 아들 김 군. 시신 발견 당시 고춧가루를 제외한 음식물이 하나도 남겨져 있지 않았습니다. 비극이었습니다. 모자의 비극은 삶 이후에도 이어지고 있습니다. 연고자와 연락이 닿지 않는다는 이유로, 이제는 장례를 못 치르고 있는 겁니다.

바른미래당 하태경 의원은 15일 페이스북에서 "아사한 탈북 모자의 연고자를 못 찾아 장례를 치를 수 없다는 관할 경찰청의 안타까운 소식을 전한다."라며 "현행 장사법에 따라 고인과 가까웠던 친구나 이웃 등 지인은 장례를 맡고 싶어도 불가능하다"라고 지적했습니다.

– 송락규 기자, KBS NEWS, 2019.8.18.

지상낙원

신홍희

두만강, 압록강, 콩고강
강이란 강은 다 건너고
목숨을 건 여정을 떠났네

마침내 도착한 지상낙원
나하고 아들하고
이제 행복할 일만 남았네

지상낙원
그곳은 어디인가
모든 게 꿈이었네

이 넓은 지상낙원에
그들을 위로할 수 있는 이 하나 없고

남은 건
말라비틀어진 고춧가루뿐

작가의 말 ✒

탈북민들은 북한에서 고통받지 않기 위해 두만강, 압록강, 콩고강을 건너서 목숨을 걸고 한국으로 넘어온다. 자유롭고 평화롭고 살기 좋은, 마치 지상낙원 같은 곳을 꿈꾸며. 그러나 현실은 달랐다. 21세기에 OECD 국가에서, 다른 이유도 아닌 굶주림으로 모자가 슬픈 죽음을 맞이했다. 다른 탈북민들이 그들의 장례를 치르고 위로를 해 주고 싶어도 현행법상 장례를 치를 수 없다. 탈북을 해서 잘 살 수 있을 것이라는 탈북민들의 희망과 그렇지 못한 현실의 비극을 나타내었다.

백골조차 사라진… 일 대본영
땅굴 속 조선인 원혼들

　"조선인 노동자들이 하루 2교대로 12시간씩 일했다. 불과 9개월 만에 총 13㎞ 길이 땅굴을 팠는데 보통 터널 공사에선 몇 년이 걸려도 하기 힘든 일이었다."

　조산 지하호에는 한자로 '대구' '밀성'(밀양으로 추정)이라고 적힌 글자도 있다. 실제 적혀 있는 부분은 지금은 비공개 구간이다. 사진만 공개 구간 중간에 전시되어 있다. 강제 동원된 조선인들은 그토록 애절하게 고향을 그리워했을 것이다. 공사는 다이너마이트를 터뜨린 뒤 쇄암기로 바위를 깨고, 터널 공사 등에 쓰이는 '광차'로 나르는 식으로 진행됐다. 터뜨릴 때 반대편에서 작업을 하고 있던 노동자가 돌에 맞아 숨지는 경우가 빈번했다.

조선인 사망자가 백골이나마 고향에 돌아간 경우도 흔치 않다. 조산 지하호 근처에 있는 절 에묘지(혜명사)에는 나카노 지로로 '창씨개명'된 어느 조선인 희생자를 추모하는 비석이 서 있다.

– 조기원 특파원, 한겨레, 2019.8.12.

그리운 고향

여금비

시끄러운 폭탄 소리
떨어지는 돌조각
널브러진 동료들 시체

고향 그립다
말 한마디 못하고
제 몸 두 개만한 돌조각 나른다

죽어서도
고향에 가질 못하니
죽을 수도 살 수도

나라 잃은 설움
말 한마디 못하고
일본군들 잠든 밤
가슴 치며 눈물 삼키고

언제 볼지 모르는
아내 생각하며
어둡고 습한 땅굴 속
움츠려 몸을 사린다

작가의 말

일제 강점기에 일본으로 강제로 끌려가 위험한 동굴 안에서 노동을 하고, 고향과 아내 생각을 하며 광복을 기다리고, 죽어서 유골이 되어도 조선에 돌아갈 수 없었던 이들의 서러움과 이들이 두려움에 위축되어 있는 모습을 시로 표현해 보았다.

독립 유공자 후손의 삶은?······
가난의 대물림

조국의 독립을 위해 목숨까지 바쳤던 독립 유공자들. 해방 이후 이분들을 제대로 대우하지 못한 것도 문제지만, 후손들이 극심한 빈곤에 시달리는 현실을 해결하지 못한 것도 우리의 민낯입니다.

독립 유공자와 그 후손에 대한 지원이 시작된 건 해방 뒤 17년이 지난 1962년. 이후 30년이 지나도록 국가가 인정한 독립 유공자는 770명에 불과합니다. 나머지 후손들은 국가에서 어떤 도움도 받지 못했습니다.

광복 50주년인 1995년에서야 정부의 뒤늦은 노력이 시작됐지만, 이미 3대가 지난 시점으로 가난의 대물림을 끊을 수는 없었습니다.

독재·군사 정권의 무관심이 끝나고 민주화 정부의 지원이 시작되면서 현재까지 국가가 독립 유공자로 인정한 이들은 모두 1만 5천여 명. 후손들은 유공 등급에 따라 매달 45만 원에서 290만 원까지 받을 수 있는데, 이마저도 가족 중 단 한 명만 받을 수 있습니다.

독립 유공자 가족이라는 명예를 가슴에 품은 채 빈곤의 굴레에서 벗어나지 못하는 후손들. 광복 74주년을 맞은 우리의 현실입니다.

　　　　　　　　　　　　　　　　　　－ 김대겸 기자, YTN, 2019.8.12.

그날이 와도

이채영

독립유공자 참전유공자
비스듬히 걸린 명패 뒤엔
잔혹한 현실의 굴레

꽉꽉 막힌 방
퀴퀴한 먼지
가난의 대물림
독립유공자의 후손

광복 이래 74년 지났지만
바뀌지 않는 현실
바꿀 수 없는 현실

마주한 한숨
땅을 꺼지게 하고
꺼진 땅이 다시 한번 굴레를 돈다

그날이 오면, 그날이 오면은
삼각산이 일어나
더덩실 춤이라도 추긴커녕

작가의 말

그 누구보다도 더 대우받아야 하고 존경받아야 할 독립유공자와 그의 후손들이 마주한 현실에 큰 안타까움을 느꼈다. 이들에게는 주어지는 혜택도 거의 없을 뿐더러 그 혜택을 누리려면 이들이 직접 신청하고 또 계속 기다려야 한다. 이러한 모순적인 현실이 잘못되었음을 경계하고 알리기 위해 독립유공자의 후손의 심정으로 시를 써 보았다. 마지막 연에서는 광복의 염원, 희망을 노래한 심훈의 시 〈그날이 오면〉을 인용하였는데, 독립유공자 후손인 정화영 씨가 '독립운동이라 하면 욕밖에 안 나온다'라고 하신 말씀에서 영감을 얻었다. 그토록 모두가 기다리던 광복이 이들에겐 정작 아무것도 주지 않은 허무한 현실에 대한 외침이자 눈물이다. 〈그날이 와도〉 그들에게 주어지는 혜택, 도움의 손길은 없었다.

올 상반기에만…… 17만 명이
월급 8500억 못 받았다
체불 임금 작년 수준으로 늘어날듯

    올 상반기 체불 임금이 8459억 원에 이르고, 근로자 17만4000여 명이
피해를 보고 있는 것으로 집계됐다. 체불 임금은 2016년 1조 4286억 원에
서 2017년 1조 3811억 원으로 줄었다가, 지난해 1조 6472억 원으로 전년
보다 20% 가까이 늘면서 통계 작성 이후 최대를 기록했다. 올해도 지난해
수준을 보일 것으로 전망된다.

– 주희연 기자, 조선일보 2019.8.28.

제발

지인아,
이번 달 월급 나왔어?
신고는?
소송은 걸 거야?

아니, 기다려 봐

퇴사했다면서.
재취업은?
네 경력은?
여태까지의 네 노력과 시간은?

아니야, 기다려 보라니까

너만 월급 밀린 거야?
다른 사람들은?
대체 왜 기다리기만 하는 거야!

제발,
제발 좀 기다려 봐!

맞아.
나 월급 체불 됐어
나 같은 사람 17만 4000명 있고
나도 어떡해야 할지 모르겠어

그러니까 제발, 제발 좀 그냥
기다리자

작가의 말

내 사촌언니가 임금이 체불되어서 퇴사를 했다. 그런데 언니의 주변 사람들이 언니에게 하는 말들이 당사자에겐 큰 압박과 스트레스가 될 것 같아서 이 시를 썼다. 걱정되어 하는 말임을 알지만 그로 인해 상당한 스트레스를 받고 있을 내 사촌언니와 답답한 마음에 잔소리를 하는 그 주변 사람들이 이 시를 읽고 느끼는 게 있었으면 좋겠다.

chapter 3

참 닮은
우리

사진

안은정

휴대폰 갤러리를 정리하며
내 사진들을 구경했다

눈 감은 사진
꽃받침을 한 사진
손하트를 한 사진
윙크하는 사진
브이하는 사진

그중에서 딸바보 우리 아빠가
골라 준 사진은

초등학교 5학년 때
달리기 1등 했다고
함박웃음 짓는 사진

"아빠, 그게 뭐가 이뻐!"

하지만 다시
옅은 미소를 지으며

사진을 보는 나

'내가 저렇게 웃을 때가 있었구나.'

지금은
웃는 방법조차
잊어 버렸다

작가의 말

학업 때문에, 친구 때문에, 우리는 다양한 이유로 점점 미소를 잃어간다. 어린 시절 환하게
웃었던 자신의 모습을 보면 '저 때가 좋았는데'라는 생각이 들기도 한다. 아빠가 나에게 가
장 예쁜 사진 한 장을 골라주었을 때는 하나도 안 예쁘다고 투정을 부렸지만, 사실은 나도
알고 있었다. 정말 행복해서, 자연스럽게 지은 미소가 훨씬 더 예뻐 보인다는 것을. 시간이
지날수록 내가 '진짜 웃음'을 지었던 적이 언제였는지 모를 정도로 잘 웃지 않는 것 같다. 작
은 것에도 잘 웃던 어린 시절, 그때의 추억이 그리운 이유는 우리가 그때로 다시 돌아갈 수
없기 때문이 아닐까?

후배 **문정환** ✉

　공부, 가족, 친구 등 지금은 생각이 다는 나지 않지만 나를 힘들게 하는 많은 이유들이 있다. 이런 이유들 때문인지 나는 분명 점점 달라지는 것 같다. 가끔은 내가 나약한 사람처럼 보일 때에 어렸을 때 사진을 보면, 옛날 생각에 잠겨 사진 속 나에게 이입되어 행복해하기도 한다. 그리고 꼭 이런 말을 한다. "저 때가 좋았지", "저 때로 돌아가고 싶다." 많이 웃고, 즐겁게 살아온 것 같은데 사진 속 어릴 때의 나처럼 행복했던 때는 잘 없었던 것 같다. 이 시를 쓴 선배가 원한 것은 독자들이 이 시를 읽고 난 뒤 더 행복한 삶을 사는 것을 바란 것은 아닐까하는 생각이 든다. 힘들 때 한 번씩 이 시를 봐야겠다.

 ✉ 선배 **안은정**

　안녕? 나는 안은정이야. 정환이가 지금은 많이 힘들어서 자신이 나약한 존재로 느껴질 수 있어. 이 시에 공감이 갔다면 너도 아마 지금 많이 힘든 상태일 거야. 하지만 이 또한 지나갈 거야. 나중에는 힘들었던 고등학교 시절을 떠올리며 "그땐 진짜 열심히 살았는데."라며 뿌듯해할 거야. 어쩌면 "지나고 나니 별거 아닌데 그땐 왜 그렇게 힘들었을까?" 하고 생각할지도 몰라. 그러니 너무 스트레스 받지 마. 그리고 서두르지 말고, 묵묵히. 천천히 그냥 최선을 다하면 돼. 분명 정환이는 지금도 충분히 열심히 하고 있을 것 같거든. 조금만 더 힘내서 잘 버텼으면 좋겠어. 파이팅!!

냄새

배규민

어제도
오늘도
내일도
나는 한 냄새만 맡는다
4년째 한 냄새만 맡는다
모른 체하고 싶지만 너무 진하고
따라가고 싶지만 너무 두려운 냄새

그날의 기억이 떠오를까 봐
그날의 고통이 다시 시작될까 봐
어제도
오늘도
내일도
나는 그 냄새에 등을 진다

작가의 말

이 시는 부상으로 꿈을 포기했지만 미련이 남아 쓰게 된 시이고, 이 시에서 냄새는 수영장
냄새입니다. 수영선수라는 꿈을 포기한 후 수영장을 다시 찾아가 보고 싶은 마음을 냄새라
고 하였고, 수영장을 다시 찾아가면 그날의 기억이 다 떠오를까 봐 다시 힘들어질까 봐 못
간다는 내용을 적었습니다. 부상으로 수영선수라는 꿈을 포기한 후 그 결과를 받아들이지
못하고 잊지 못하며 살아온 4년 동안의 제 자신의 마음을 담았습니다.

후배 **김아란** ✉

시의 전체적인 내용에 공감이 갔다. 나는 지금 그림을 그리고 있는데, 내가 좋아하고, 잘하는 것이라서 선택한 것이지만, 사실 그림보다 더 하고 싶은 것이 있었다. 예전부터 쭉 생각만 해오다가 작년이 되어서야 자료를 찾아보고 학원에 상담도 가 보며 알아 보았지만 현실적인 문제로 현재 시도해 보기는 불가능해진 꿈이다. 대학에 입학한 후라도 배워야겠다는 결심을 굳게 했었는데, 시간이 지나면 지날수록 자신감도 사라지고 결심도 흐트러져 이제는 그냥 배우지 말고 이대로 살까 하는 생각을 하고 있었다. 그러다 읽은 이 시가 잊혀가던 그 꿈을 다시 생각나게 해 줘서 고마운 마음이 든다. 나도 이 시의 화자처럼 그 꿈을 생각하면 느껴지는 감정과 기억이 싫어서 애써 항상 외면했었던 경험이 있기에 어떤 시보다 공감이 되었다. 따라서 이 시가 나에게 앞으로도 잊을 수 없는, 소중한 시가 될 것 같다는 생각이 든다. 이 시를 쓴 선배에게도 그 꿈만큼, 또는 그 꿈만큼은 아니더라도 가슴에 꽂히는 또 다른 꿈이 꼭 다시 한번 더 찾아왔으면. 그리고 선배가 그 꿈을 꼭 이룰 수 있게 되었으면 좋겠다.

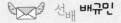 선배 **배규민**

아란아, 네가 용기 내서 써 준 위의 글을 읽고 좋은 글귀 하나랑 꼭 너에게 해 주고 싶은 말이 있어. '좋은 기억이든 아픈 기억이든 후에 좋은 경험이 될 것이니 두려워하지 말고 도전해라' 나의 좌우명이야. 나는 어릴 때 수영선수 생활을 했었어. 내가 정말로 이루고 싶은 꿈이었고 좋아하기도 했었고. 근데 부상을 당해서 그만둬야만 했어. 그래서 그날 이후 어린마음에 수영을 되게 미워하고 심지어 수영을 시작한 걸 후회도 했었어. 하지

만 지금은 과거에 수영선수를 하면서 경험했던 아프고 좋았던 모든 기억들이 내 인생에 가장 중요한 경험이 되어 내가 또 다른 꿈을 선택하고 여러 일에 도전하는데 큰 힘이 되어 주고 있어. 그래서 지금은 과거와는 다르게 내가 수영을 배우길 잘했다고 생각하며 지내고 있어. 너도 결과에 대해서 먼저 두려워하지 말고 진심으로 배우고 싶었던 것을 꼭 배워봤으면 좋겠어. 그것이 좋은 기억이 되든 아픈 기억이 되든 모두 소중한 경험이 되어 너에게 큰 도움이 될 거야. 이건 내가 장담할게. 진짜로 배워보고 싶었던 거라며? 시간이 지날수록 자신감이 사라지고 결심도 흐트러진다 했지? 네가 나의 새로운 꿈을 응원해 준 것처럼 나는 네가 배우고 싶었던 것 꼭 배우길 응원할게. 힘내!

고등학생의 책상모서리는 둥글다

김정민

시간 지나면 라면만 붇는 게 아니라
나이 먹으면 할 공부도 불어난다
미루고 미뤄 팅팅 부은
숙제 한 바가지

괜한 신경질이 나
책상 위에 드러누웠다

덜컹거린 책상에
굴러가는 볼펜
그 끝에는

초등학생 때와 똑같은 책상 모서리
이젠 뛰어다니다 다칠 일도 없는데
뭐 하러 둥글게 깎았나 생각할 때

책상 다 밀치며
우당탕 뛰어오는 친구

부딪힌 곳 아픈 줄도 모르고

밥 먹자고 칠푼이처럼 웃는다

나도 책상 다 밀치며
우당탕 일어나니
부딪힌 곳이 하나도 아프지 않았다

아직도
고등학생의 책상 모서리는
둥글다

작가의 말

직장을 다니는 언니가 책상 모서리에 부딪혀 피멍이 들었다. 회사의 사무 책상은 모서리가
날카로워서 살짝만 부딪혀도 크게 다친다는 것이다. 언니의 이야기를 듣고 돌이켜 보니 학
교에서 책상에 부딪힌 적은 많지만 크게 다친 적은 없었다. 학교 책상 모서리는 초등학생
시절부터 고등학생 때까지 변함없이 둥글었다. 아직 우리는 어리고, 실수해도 괜찮은 존재
이다. 부딪혀도 다치지 않는 둥근 모서리는 벌써 어른인 척해야 하는 애어른 고등학생들을
위한 배려인 것이 아닐까?

후배 **이유정** ✉️

시와 함께 작가의 말을 읽고 나는 굉장히 신선한 충격을 받았다. 책상 모서리가 둥근 것을 애어른 고등학생들을 위한 배려라고 생각한 그 발상이 너무나도 신선하게 와닿았다. 정말 새로워서 이 시를 다시 한번 읽고 또 읽어 보았다. 그러다 문득 지금 내가 쓰고 있는 책상의 모서리를 바라보았다. 우리 집 책상 모서리도 둥글었다. 별로 신경 쓰지 않았던 부분인데 오늘따라 왠지 의미가 있어 보이면서 이 책상과 관련된 추억이 떠올랐다. 사촌언니네 집에 처음으로 책상을 들인 지 며칠이 지나지 않을 때였다. 사촌 언니가 책상 모서리에 부딪혀 다쳤다고 그랬지만 그래도 나는 언니가 책상을 가진 게 부러워 엄마께 우리도 책상을 놓자고 졸랐었다, 엄마께서 고민하다 사신 책상은 내가 생각하던 모서리가 각지고 나무색이며 서랍이 달린 책상이 아니었다. 모서리가 둥글고 연두색이었으며 서랍이 없었다. 사촌언니나 친구들이 사용하는 책상과는 너무 달라 나는 실망했다. 그런데 그때 엄마는 모서리가 각지면 다칠 위험이 크기 때문에 이런 책상을 샀다고 말씀하셨다. 엄마는 내가 그땐 어렸기 때문에 모서리가 둥근 책상을 산 것이다. 그런데 수 년이 지난 지금도 우리 고등학생들의 교실 책상 모서리는 둥글다. 다 큰 줄 알았던 우리는 실은 아직 덜 자란 것이다. 아직 내가 덜 자랐다고 생각하니 마음 한편으로 안심이 되었다. 아직 좀 더 도전하고 방황하고 고민해도 될 것 같았기 때문이다. 우리를 보호해 주는 둥근 모서리, 시를 통해 만난 학교 책상에 대한 감회가 새롭고 고맙다.

네가 내 글을 여러 번 읽은 것처럼 나도 네 글을 여러 번 읽었어. 나와 같은 경험을 네가 할 수 있어서, 그리고 내 시와 내 생각에 공감할 수 있어서 기쁘다. 그리고 나 또한 네 생각에 공감할 수 있어서 더욱 기쁘고 한편으로 고마운 마음이 들어. 유정이가 모나지 않은 둥글고 부드러운 나날을 보내길 바라.

학교에 갇혀 있다

원혜영

나는
학교 안에 갇혀 있다

나를
감시하는 선생님들
도망치지 못한다

나를
힘들게 하는 많은 과목들
하루 종일 벌을 받는다

나를
관리하는 상점 벌점
매일 착한 행동을 해야 한다

자퇴? 졸업?
나는
이제 지겨워져
탈출하는 방법을 생각했다

그런데

자퇴를 하면
인정받지 못해
더 큰 감옥에 갇힌다
졸업을 하면
사회라는 더 무서운 감옥에 갇힌다

나는 언제 탈출할 수 있을까?

작가의 말

학교에 있으면 빨리 집에 가고 싶고 학교도 오기 싫은 마음은 누구나 가지고 있을 것이다.
학교가 싫은 학생이 학교를 다니면서 느낀 점을 썼다. 시를 읽고 나만 힘들고 학교 오기 싫
다는 느낌을 덜고 모든 학생들이 힘을 냈으면 좋겠다.

후배 **전혜린**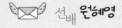

나는 이 시를 읽으면서 공감이 정말로 많이 되었다. 나는 심자실에서 저녁 11시까지 학교에 있기 때문에 더 공감이 되었던 것 같다. 아침 8시부터 저녁 11시까지 장장 15시간 정도는 집도 못 가고 밖에 나가서 볼일을 보지도 못하는데, 그런 때면 나도 여기 학교가 감옥처럼 느껴질 때가 있다. 학교에 있다 보면 탈출하고 싶다는 생각이 문득 드는 날이 있다. 그런 날은 진짜 학교가 감옥처럼 느껴지기도 하고 선생님들이 교도관들처럼 느껴져 빨리 어디론가 가고 싶다는 생각이 든다. 요즘에도 살짝 그런 생각이 들었는데 이 시를 읽으니까 나만 그렇게 느끼는 게 아니었구나, 나만 힘든 게 아니구나 하는 생각이 들었다. 말로 직접적인 위로를 들은 것은 아니었지만 선배의 시로 위로의 말을 건네 받은 느낌이었다.

선배 **윤혜영**

아침 8시부터 저녁 11시까지 엄청 힘들었겠다. 그래도 노력한 만큼 좋은 결과가 있을 거야. 힘들어하지 말고 항상 파이팅하길 바라. 그리고 힘들 때 한번쯤 신나게 놀고 친구들한테 털어 놓으면서 조금이라도 쉬어가면 좋겠어. 나도 힘든 일이 있을 때 친구와 실컷 얘기하고 한참 놀다 보면 힘든 일들이 좀 가볍게 느껴지는 때가 있거든. 참, 시로 이렇게 내뱉고 나니 좀 시원하기도 했었어. 하하. 너무 힘들어하지 말구 항상 파이팅 해!

햄스터

배혜림

오늘도
우리 집 햄스터는
쳇바퀴를 돈다

매일매일
지루하지도 않은지
하루 종일 돈다

같은 시간
같은 방향
같은 학교
같은 학원
나도 쳇바퀴 위에 섰다

아무리 달려도
끝이 없는 쳇바퀴

내일은 다르길
제발, 내일은 다르길
희망을 품지만

다시 반복되는
나의 쳇바퀴 일상

오늘도
우리 집 햄스터는
쳇바퀴를 돈다

 작가의 말

매일 같은 방향, 같은 행동, 같은 말들을 하며 정해진 똑같은 시간에 일어나 학교에 가고 하
교를 하고 학원에 가다 보면 가끔씩 허무하고 공허한 기분이 들고는 한다. 무슨 새로운 일
이 일어나지 않을까 기대하면서 하루를 지내는 내 모습이 어느 날 친구 집에서 본 햄스터가
계속 쳇바퀴를 도는 모습과 비슷하다고 느껴졌다. 항상 새로운 일을 바라면서.

후배 **김소희**

시의 '같은 시간/ 같은 방향/ 같은 학교/ 같은 학원/ 나도 쳇바퀴 위에
섰다'와 '나의 쳇바퀴 일상'이라는 부분이 내 일상 같아서 너무 공감이 되었
다. 나도 매일 같은 시간에 학교에 가고, 학교가 끝나면 학원을 가고, 매일
10시에 집으로 돌아오는데 이렇게 매일 반복되는 일상이 쳇바퀴 같다는
생각이 들었다. 나는 매일매일 이렇게 반복되는 일상이 힘들고 지루해서
내일은 조금 다르길, 조금 쉴 수 있는 날이길 바라는데 나의 일상은 달라
지지 않고 똑같이 반복된다. 시를 쓴 선배도 이렇게 반복되는 일상을 쳇바
퀴에 비유해서 시를 썼는데 나도 힘들고 지루한 쳇바퀴 같은 일상에서 벗
어나고 싶지만 같은 일상만 반복되어 지루하고 힘들다. 요즘 많은 고등학
생들이 '쳇바퀴 일상'을 보내며 힘들어하고 있지만, 실은 그 속에서도 자
신의 꿈을 향해 달려가고 있는 건 아닐까 하는 생각도 함께했다.

선배 **배혜림**

안녕 소희야? 우선 내 시를 감명 깊게 읽어 줘서 고마워. 난 항상 반복
되는 일상을 지내면서 지겹고 지친다는 느낌을 받았었거든. 근데 너의 답
글을 보니 나와 비슷한 일상을 보내고 있는 것 같더라고. 고등학교 들어
와서 넘치는 수행평가와 중학교 때와 다른 공부량에 많이 힘들고 쉬고 싶
은 날이 있을 거야. 물론 그 과정에서 포기하고 싶고 그만두고 싶을 때도
있겠지만 거기서 조금만 더 버티고 노력하다 보면 네가 이루고 싶은 것을
이룰 날이 올 거야. 지금 시험기간인데 열심히 한 만큼 결과가 나올 수 있
을 거라고 믿어. 이렇게 힘든 과정을 이겨 내고 나면 원하던 결과를 이룰
수 있을 거야. 우리 같이 힘내 보자!

학생들의 지우개

한주형

문제를 풀었다
틀려서 나를 조금씩 깎아낸다

나를 필요로 하는
친구들 사이를 오고 가며

무언가를 완성시키기 위해
몇 번을 썼다 지워진다

나는 오늘도 노력한 만큼
깎여간다

작가의 말

이 시는 모든 학생들이 쓰는 지우개를 중점으로 두었다. 학생들이 학업이나 꿈을 위해 노력
하는 과정을 자신의 희생을 통해 무엇인가를 해 나가는 지우개에 비유하여 표현하고 싶었
다. 학생들의 관점이 아닌 지우개의 관점으로 보아서 슬프면서도 한편으로는 뿌듯한 느낌
을 더 잘 전달할 수 있게 표현하려고 노력했다. 지우개는 흔한 소재이지만, 지우개를 통해
또 다른 느낌으로 표현할 수 있어 좋았다.

어떤 작은 일이라도 노력 없이는 이뤄 낼 수 없다. 그래서 이 시가 나에게 자극제가 되었다. 잘하는 사람이든 못하는 사람이든 잘하고 싶은 마음은 똑같다. 하지만 결과가 분명히 갈리는 것은 노력의 차이라고 생각한다. 그리고 노력 없는 성과는 없다고 생각한다. 시에서 말하는 것처럼 내가 노력한 만큼 내가 깎이지만 그 깎인 지우개의 일부가 글을 수정할 수 있게 만들어 주는 것처럼, 나의 깎인 일부도 내가 이루고자 하는 성과를 이룰 수 있게 만들어 줄 것이라고 나는 믿는다. 오늘보다 더 나은 내일을 기약하도록 내가 더 노력할 수 있게 나를 응원해 주는 시 같다.

✉ 선배 **한주형**

아직 많이 부족한 실력으로 쓴 시를 누군가가 보고 감상의 글을 써 준다는 게 신기했고 뿌듯했다. 특별한 기술 없이도 진심을 담으면 공감을 이끌어 낼 수 있다는 것을 알게 되어 고마움이 진하게 밀려왔다. 후배의 글에서 '노력 없는 성과는 없다'라는 부분에 공감이 많이 되었다. 나도 후배의 생각처럼 노력이 없으면 좋은 결과는 없다고 생각하기 때문이다. 이 친구가 내 시를 보고 자신의 좋은 생각들을 써 줘서 나에게도 큰 도움이 되었다. 앞으로 이 생각들을 잊지 않고 바라는 목표가 있다면 꼭 이루기를 응원하고 싶다.

변신

김수연

딱딱하고 못생긴 당근이
색이 곱고 깔끔한 당근으로

찢어지고 타 버리던 지단이
탱글탱글 윤기 나는 지단으로

울퉁불퉁 지저분한 고기가
반짝반짝 윤기 나는 고기로

배우면 배울수록
바뀌는 생각

못생겼던 재료들이
점점 예뻐지는 순간

작가의 말

요리학원을 다니면 다닐수록 바뀌던 내 생각을 표현한 시이다. 처음 학원에 갔을 땐 모든 재료들이 나에게 생뚱맞았고 뜬금없었다. 손질을 해도 예쁘지 않았고 엉망이었다. 하지만 학원을 다니면 다닐수록, 배우면 배울수록 실력이 점점 늘었고 손질 후 모든 재료들이 엉망이 아니라 깔끔해지고 보기가 예뻤다. 재료들이 예뻐 보이기 시작하면서부터 내 실력도 점점 늘어가는 것 같다는 생각이 들어서 지은 시이다.

후배 **김나현**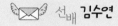

이 시를 읽고 나의 중학교 시절의 비슷한 경험이 떠올랐다. 중학교 1학년 때 수학 학원을 끊고 3학년 때까지 혼자 수학 공부를 했었다. 그러나 2학년부터 3학년 1학기까지 나의 수학 성적이 엉망이 되어 버렸고 결국 친구의 소개를 받아 새로운 학원을 다니게 되었다. 그 후로 수학 성적이 점점 오르는 것을 보면서 나 자신에게 엄청난 뿌듯함과 자랑스러움을 느꼈다. 그래서 이 시의 '못생겼던 재료들이/ 점점 예뻐지는 순간'이라는 구절과 작가의 말을 보고 '이 시의 작가도 자신의 실력이 상승한 것에 대한 대견함, 뿌듯함, 자랑스러움을 느꼈겠구나.'라는 생각이 들었다. 나의 중학생 때의 기억이 나서 공감이 많이 되는 시였다.

선배 **김수연**

내가 쓴 시의 뜻을 제대로 알아 준 것 같아서 뿌듯해. '못생겼던 재료들이/ 점점 예뻐지는 순간'이라는 구절을 적으며 내가 느꼈던 감정들이 나현이에게 잘 느껴진 거 같아서 다행이야. 나는 요리를 주제로 적은 시였지만 다른 사람의 입장에서는 다른 주제로도 나와 같은 깨달음을 얻을 수 있다는 게 신기했어. 나의 요리와 너의 수학이 만나는 순간 정말 신기하고 멋지지 않니? 내 시를 읽고 답글도 써 줘서 고마워! 우리 함께 더 예쁘게 더 멋있게 변신해 나가자.

바닥

김민지

터덜터덜
오늘도 밟고 있는 이 바닥
차갑고 딱딱한 이 바닥
내 맘속처럼 칙칙한 회색인 이 바닥
저기 구석에 쌓인 먼지처럼
내 마음속에 쉼표들이 쌓여만 간다
언제쯤 이 쉼표들을 쓸 수 있을까

늘 멍때리다 보면
초점은 항상 이 딱딱한 바닥

한숨을 쉬다 고개를 떨구면
항상 나를 반겨 주는 이 회색 바닥

쉴 틈 없이 바쁜 나를 위로해 주는 건
이 바닥뿐

작가의 말

힘들고 지칠 때나 멍때릴 때, 고개를 떨구면 항상 차갑고 칙칙한 바닥이 보였다. 힘들 때 바
닥을 보며 멍때리면 바닥이 나를 위로해 주는 느낌이 들었다. 많은 할 일들로 스트레스 받
은 내가 사용하고 싶은 쉼표들이 쌓인 것을 바닥 구석에 쌓인 먼지에 대입해 보았다. 어쩌
면 바닥을 보며 멍때리는 건 구석의 먼지를 보며 마음속의 쉼표를 쓰고 싶다는 생각이 들었
을지도 모르겠다. 한편으로는 차갑고 칙칙한 회색 바닥이 나를 위로해 줄지도 모른다는 생
각도 들었다. 처음에는 구석마다 쌓인 먼지와 더러운 바닥에 정이 가지 않았는데 그런 바닥
이라도 날 위로해 준다고 생각하니 바닥의 칙칙한 회색도, 구석에 쌓인 먼지도, 그런 모든
걸 가진 바닥도 이제는 마음에 드는 듯하다.

후배 **전세은**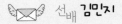

이 시를 읽고 나서 나의 모습이 바로 떠올랐다. 왜인지는 모르지만 어릴 적 땅을 보면서 걷는 습관이 있었다. 땅을 보며 걷는 나를 보며 사람들은 왜 그렇게 힘이 없냐며 우울해 보인다는 말을 하곤 했다. 하지만 나에겐 땅을 보는 것이 힘들거나 우울해서 그런 것이 아니었다. 땅을 보고 걸으면 내 발 앞에 놓인 다양한 색, 모양, 생물체들을 더 자세히 볼 수 있었고 어린 시절의 나는 그런 사소한 것들을 좋아했던 것이다. 하지만 점점 자라면서 나는 땅을 어린 시절처럼 호기심 어린 눈빛으로 보는 것이 아닌, 지치고 힘들어서 내려다보게 되었다. 어린 나에게 호기심과 재미를 주었던 바닥이 이제 이 시에서 말했던 것처럼 점점 칙칙하고 차가운 바닥이 돼가는 것이 슬프게 느껴졌다. 다시 예전처럼 바닥이 지친 나에게 활력소를 줄 수 있는 존재가 되도록 노력해 봐야겠다.

선배 **김민지**

이 시를 쓸 때는 나만 힘들게 사는 줄 알았다. 주변 친구들이 힘들다고 하는 문제들은 나의 것보다 가벼울 거라고 생각했다. 사실 어릴 적 바닥은 나에게 어떤 존재였는지 기억나지 않는다. 그런데 세은이의 글을 읽고 바닥을 다시 내려다보니 내게 알록달록한 바닥이 보였다. 이 알록달록한 바닥이 마치 '지금 너의 바닥은 회색이고 딱딱하지만 곧 행복해질 수 있을 거야'라고 나에게 이야기해 주는 것 같이 느껴졌다. 세은이의 글을 읽기 전에는 알지 못하고 보지 못했던 바닥의 새로운 모습, 아니 내게 없던 전혀 다른 새로운 바닥이었다. 이제는 바닥을 보며 조금씩 힘을 낼 수 있을 것 같다. 세은아, 너에게도 바닥이 힘과 희망을 주는 그런 존재였으면 좋겠어. 그렇게 바닥에게서부터 힘을 받아 나와 네가 걷는 한 걸음 한 걸음이 모두 꽃길이 되면 좋겠다. 우리 지금보다 더욱 힘차게 살아갈 수 있는 그날까지 함께 파이팅하자!

사랑, 첫사랑

김여진

하루 종일 너를 기다리는
나의 마음은
향기로 가득해 봄 냄새가 나고
너를 향한 나의 마음은 사계절 모두 품었지

따뜻했다가 몹시 더웠다가
쓸쓸했다가 다시 춥기를 반복하던
나의 계절에는
지금 라일락꽃들로 가득해

작가의 말

책을 보다가 자신이 짝사랑을 하는 사람을 간절히 기다리고 간질거리는 마음을 숨기는 부
분을 보다가 시로 표현한다면 어떤 느낌이 들지 궁금하여서 시 쓰기를 도전해 보았다. 여기
서 '나'는 상대방이 오길 간절하게 기다리며 두근거리는 마음과 쓸쓸한 마음을 가졌다가 짝
사랑으로 어쩔 줄 몰라 하는 사람이다. 그의 마음의 계절에는 라일락으로 가득하다고 표현
했는데 라일락꽃의 꽃말은 첫사랑이다.

후배 **이동규**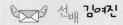

　학교에서 보고도 집에 가면 또 보고 싶은 짝사랑하는 친구가 있는데, 이 시를 보자마자 그 친구가 떠올랐다. 하필 시험기간에 짝사랑을 해서 공부는 손에 들어오지 않았다. 혹여나 내가 그 친구에게 연락하면 그 친구의 공부에 방해가 되는 것은 아닐까 걱정하며 오래토록 고민해서 한 마디 한 마디 연락을 한다. 보내기 버튼을 누를 때마다 온몸과 얼굴이 여름이 온 것처럼 후끈후끈해졌다. 이 시를 보면 용기내서 연락하는 것만으로도 가슴이 붕하고 뜨던 그 때의 기억이 떠오른다. 첫사랑과 짝사랑이란 말이 이렇게 마음속 깊이 다가올 줄 몰랐다. 시험이 끝나면 나의 계절에 너라는 첫사랑이 꽃 피울 것이다.

선배 **김여진**

　후배님, 후배님에게 제 시가 좋아하는 친구를 떠올리게 했다니 너무 기뻐요! 상대방에게 선뜻 마음을 표현하기 쉽지 않죠. 하지만 겨울이 지나면 반드시 봄이 오는 법이잖아요? 꼭 따뜻한 계절에 사랑꽃이 만개하기를 응원할게요. 파이팅!

밤 길

조승희

야자를 마치고
집으로 가는 길

나를 스쳐 가는 길고양이,
드문드문 길을 밝히는 가로등,
인공위성인지 별인지 모를 작은 반짝임,
나를 등진 달,
깜깜한 하늘

아침과는 전혀 다른 길
바람도 숨죽인 길
괜히 발걸음을 늦추는 길
오로지 내가 되는
5분도 채 안 되는 길

오늘 치 소음을 내려놓고
문득 발걸음을 멈추면
고요함이 나를 삼킬 것만 같은 길
더 이상 나이고 싶지 않은 길

작가의 말

야자를 마치고 집으로 가는 그 길은 분명 아침의 길과 같으면서도 다르다. 5분도 채 안 되는 길이이지만 일부러 발걸음을 늦추며 보는 길고양이, 가로등, 별, 달, 하늘. 늘 걷는 길이면서도 걸을 때마다 새롭고, 나까지 숨을 죽이게 되는 고요함과 차가운 밤공기, 수만 가지의 잡념, 그 끝의 나를 이 시에 담고 싶었다. 이 시는 혼자 다니기를 싫어해 늘 돌아가더라도 조금이라도 더 친구들과 같이 가려고 하는 내가 혼자가 되는 유일한 시간과 그때의 내가 느끼는 감정들을 비추는 시이다.

후배 **이해민**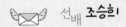

늦게까지 공부하다 집으로 돌아가는 길을 표현한 시를 보며 학원이나 야자가 끝나고 집으로 가는 길이 떠올랐다. 그 길에서 나는 친구들과 떠들지 않아도 괜찮고, 혼자서 걸어도 무섭지 않다. 그 길은 밤이 늦었지만 환하게 보이기도 한다. 이 때문에 '아침과는 전혀 다른 길'이라는 구절이 마음에 와닿았다. 아침에 만나는 길은 밝고 환하다. 하지만 나의 마음은 고단한 오늘 하루와 알 수 없는 나의 미래 등 앞으로 일어날 일에 대해 생각하며 어둡기만 하다. 때로는 다리가 아파서, 때로는 온몸이 힘들어서 밝은 아침길이 어둡게 느껴질 때도 있다. 그래서 나는 밤늦게 집 가는 길을, 나만의 밝음을 만드는 이 밤길을 기다리는 것일지도 모르겠다.

선배 **조승희**

안녕, 먼저 내 시를 마음에 들어해 줘서 고마워. 내가 3년간 야자를 하고 매일 느낀 감정을 시에 담고자 했는데, 네가 그 감정을 느껴 준 것 같아서 기쁘고 또 쑥스럽다. 이제 2학년 1학기 기말고사가 다가오는 시점이겠네. 1학년 때와는 느껴지는 부담감도, 분위기도 사뭇 달라 많이 힘들 거라고 생각해. 하지만 오늘의 힘든 날들을 이겨 내고 여러 밤길들을 걷다 보면 반드시 네가 원하는 보상을 얻을 수 있을 거야. 너 스스로가 지치지 않게 힘들면 쉬어 가기도 하면서 해. 응원할게, 힘내!

쉼표

안서현

마침표를 찍을까 고심하다
마침내 쉼표를 찍었다

점을 찍으려다 삐끗해
작은 삐침 그린 손이 고마워라

 작가의 말

나는 살면서 무언가를 그만두고 싶었던 적이 한두 번이 아니었다. 심지어는 나 자신조차도 포
기하고 싶었으니까. 하지만 내가 마침표를 찍으려 할 때마다 옆에서 툭, 하고 건드려 쉼표를 찍
게 만들어 준 소중한 사람들이 있다. 그래서 그들에게 감사하게도 나는 여태 마침표를 찍은 적
이 단 한 번도 없다. 이 말은 너무 힘들 때 쉬어 가면 쉬어 갔지 적어도 그만둔 적은 없다는 뜻
이다. 내 인생이라는 종이에 비록 쉼표는 가득할지라도 마침표는 없다. 그리고 앞으로도 전혀
없을 예정이다. 소중한 사람들이 나를 끊임없이 툭- 하고 건드려 줄 테니까.

이 시는 짧고 간결하지만 그 속에 많은 고민과 걱정이 잘 드러난 것 같다. 그리고 포기를 마침표, 끈기를 쉼표로 표현한 점에서 색다르고 창의적이다. 성공의 반대말은 실패가 아니라 포기라는 말이 있듯이 실패라는 건 일시적 후퇴일 뿐이다. 포기야말로 완전한 패배라고 나는 생각한다. 나는 시에서 '삐끗해' 부분이 마음에 들었다. 만약 그 작은 삐침이 없었다면 그 동안 노력했던 것들이 한순간에 날아가 버리기 때문이다. 쉼표가 있다면 잠시 쉬어는 가더라도 언제든 다시 이어 나갈 수 있고 끝도 없이 쉼표를 찍어 가며 여유있는 마음으로 더 멋있는 인생을 살 수도 있다. 그래서 나도 작가처럼 마침표 없이 쉼표가 가득한 사람이 되고 싶다. 또 다른 사람의 마침표를 쉼표로 바꿔 줄 수 있는 사람이 되고 싶다. '.'과 ','을 볼 때마다 이 시가 생각나서 더 열심히 살아야겠다는 생각이 들 것 같다.

선배 **안서현**

현수야, '삐끗해'라는 부분이 마음에 든댔지. 나도 그 부분을 가장 좋아해. 사실 삐끗한다는 말 그 자체는 그렇게 좋은 어감을 가지고 있지 않아. 오히려 부정적인 편이지. 하지만 우리가 때 이른 마침표라는 성급하고 잘못된 길로 달려가는 중이라면 그 한 번의 '삐끗'이 도리어 전화위복이 될 수 있지 않을까? 때로는 악재가 호재가 될 수도 있어. 현수가 성공의 반대말은 실패가 아니라 포기라고 적었지? 이 말을 꼭 끝까지 마음에 간직했으면 좋겠어. 앞으로 계속 글을 읽으며 수많은 쉼표와 마침표를 보게 될 거야. 단 하나도 허투루 떠나보내지 말고 현수가 다짐한 그대로 눈에 보일 때마다 이 시를 떠올리며 열심히, 하지만 쉬엄쉬엄 앞으로 나아갈 수 있으면 좋겠다. 현수의 앞날을 응원해!

물웅덩이

신효원

집으로 가는 길
움푹 파인 웅덩이
비가 온 건지
어디서 물이 흘러와
그를 가득 채웠다

그가 말했다
나는 어디도 갈 수 없어
더 내려가지도 올라가지도 못하고
나는 여기에 있단다

내가 말했다
날은 맑고
바람이 불고
꽃도 피었지만
나도 여기에 있단다

작가의 말 🪶

일상 속 어떤 것을 주제로 시를 쓸까 고민하면서 버스, 나무, 책상, 흙, 다이어리… 평소 시간을 들여 곰곰이 생각해 본 적 없는 것들에 대해 오래도록 많은 생각을 떠올려보았다. 생소하고도 신기했다. 요즘 나는 너무 답답하다. 고3도 아니고 고1도 아닌 애매한 고2. 어디로 가야 할지도 모르겠고 내가 걸어온 길이 맞는 길인지도 헷갈린다. 이런 내 상황이 물웅덩이의 상황과 비슷하다고 생각했다. 나만 빼고 다 즐겁고 행복하고 예쁘다. 나는 언제쯤 그렇게 될 수 있을까 하는 생각에 이 시를 쓰게 되었다.

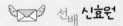

이 시는 평소에 신경을 쓰지 않는 생소한 단어인 '물웅덩이'를 사용하여 이러지도 저러지도 못하는 고등학생의 인생을 잘 표현한 시이다. 나는 이 시에서 '나는 어디도 갈 수 없어 더 내려가지도 올라가지도 못하고 나는 여기에 있단다'라는 구절이 아직 꿈을 정하지 못하고 갈팡질팡하는 나의 심정을 잘 대변해 주는 것 같아 가장 와 닿았다. 이때까지 아무 생각 없이 앞만 보고 달려온 나에게 이 시는 내가 걸어온 길과 내가 걸어가야 할 길에 대해 다시 생각해 볼 수 있는 계기가 되었다. 나는 이 시를 읽고 내가 걸어온 길이 어떠하였든 과거의 일에 초점을 두지 않고 더 밝은 미래를 위해 노력해야겠다는 생각이 들었다.

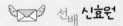 선배 **신효원**

경민이에게.

경민아, 안녕? 내 시를 읽고 남긴 너의 글 잘 읽었어. 지금도 나는 시의 소재가 된 물웅덩이를 만난 날이 기억 나. 그날따라 앞으로 어떻게 살아야 할지, 대학은 갈 수 있을지, 행복할 수 있을지 고민이 많았어. 경민이도 아마 이런 점에서 공감한 거겠지? 아직 꿈을 정하지 못했더라도 너무 걱정하지 말고 차근히 생각해 보자. 나는 경민이가 어떤 길을 선택하더라도 잘 해낼 수 있도록 멀리서나마 응원할게. 이 시에 공감해 주고, 이 시를 선택해 줘서 고마워. 너는 내 시를 깊게 읽어 준 첫 독자야. 네 덕에 시 쓰는 재미를 느끼게 된 것 같아. 기회가 된다면 너도 내년에 네 시를 후배들에게 보여 주며 그런 재미를 알게 됐으면 좋겠다. 이제 물웅덩이를 만나면 아마 이 시가 떠오르겠지? 그때마다 지금의 네 결심을 떠올리며 원하던 바를 꼭 이루길 바라. 나도 네게 부끄럽지 않은, 멋진 선배가 되어 있음 좋겠다. 그럼 안녕.

그 추억들은

여느 때와 다름없이
눈을 뜨고 자리에서 일어나면
보이는 내 컴퓨터
그 안에는 무엇이 있을까

그림, 노래, 사진
몇 년간의 내 추억들이
차곡차곡

몇 날 며칠이 지난지도 모르고
차곡차곡 끝도 없이
쌓여만 간다

그때 그 추억들

작가의 말

자신이 열심히 관찰한 것을 가지고 시를 쓴다는 것은 꽤 힘든 일이었다. 아무리 열심히 관찰해도 창작하는 것에 대한 어려움은 잘 없어지지 않았다. 나는 내 방에 있는 컴퓨터를 살펴보고 그 안에 있는 것들에 대해 시를 썼다. 옛 추억들과 현재 내가 하고 있는 것과 같은 여러 가지 경험을 바탕으로 쓴 시이다.

후배 **류지원**

나는 시험기간에 학교를 마치고 혼자 독서실에 간다. 어두운 독서실에 앉아서 공부를 하다가 잠시 바람을 쐬러 나간다. 밖은 산뜻하고 기분 좋은 바람이 솔솔 불어온다. 어두운 독서실로 돌아가는 내 마음은 편하지 않다. 독서실 책상에 앉아서 밀린 숙제와 앞으로 치를 수많은 수행평가를 생각하면 가슴이 답답해진다. 이럴 때마다 나는 내가 가진 사진들을 보며 행복한 추억을 회상하곤 한다. 이때만큼은 미래에 대한 불안감과 초조함은 사라지고 안심이 된다. 시험기간에 되새기는 나의 추억과 사진들이 불안을 없애주는 본질적인 해결책이 되지는 못하지만 그들은 나를 위로해 주는 친구가 된다.

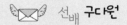 선배 **구다원**

내 시를 읽어 준 지원아, 고마워. 내가 이 시를 쓸 때도 언젠가부터 차곡차곡 쌓아온 추억들을 생각하며 기분 좋았어. 지원이가 내가 쓴 시를 읽고 힘들었던 시간들을 위로해주던 추억들을 떠올렸다는 게 기쁜 마음이 들어. 지금 많이 힘들겠지만 앞으로 더욱 힘들어질지도 몰라. 하지만 하고 싶고 잘하는 것을 목표로 꾸준히 노력하다 보면 언젠가는 그 노력에 보답 받을 날이 오지 않을까? 앞으로도 뭐든 열심히 해나갔으면 좋겠다. 잘할 수 있을 거야. 파이팅!

행복

박소현

피곤한 날
깊은 잠

더운 날
아이스크림

추운 날
전기장판

슬픈 날
노래 하나

행복,
항상 가까운 곳

작가의 말

딱딱한 공부 얘기보다는 공감할 수 있으면서 편한 마음으로 쓰고 읽을 수 있는 주제로 시를 쓰고 싶었다. 그 주제에 소소하지만 확실한 행복, '소확행'이라는 말이 참 잘 어울렸다. 처음에 쓸 때는 어렵기도 하고 쓰다 보니 사족이 많아졌지만, 다시 쓰면서 어느 정도 정리가 되었다. 이 시를 읽는 모두가 자신만의 '소확행'에 대해 생각해 보는 시간을 가질 수 있으면 좋겠다.

이 시를 읽자마자 많은 생각이 떠올랐다. 요즘 들어서도 그렇고 중학생 때부터 행복하고 싶다는 생각을 많이 했었는데, 그 행복이 멀리 있는 것이 아니라는 것을 느꼈다. 행복이 정말 대단한 것이 아니라, 친구들이랑 수다 떨 때, 맛있는 것 먹으러 다닐 때, 여행을 갈 때와 같은 사소한 것 하나하나가 다 행복인 것이다. 그것을 깨달으니 이제는 모든 일이 행복하게 느껴지고 감사하다. 이대로 가다가 세상에서 제일 행복한 사람이 되지 않을까?

민주 후배님! 제가 시를 쓸 때 한 생각과 비슷하네요. 저도 꽤 어릴 때부터 '어떻게 하면 미래에 행복해질 수 있을까?'에 대해 많이 고민해 왔어요. 그러다가 시를 쓸 때 즈음에 '미래'보다는 '현재'에 내가 무엇을 하면 행복한지를 알고, 그 행복을 어떻게 지켜나갈 것인가를 고민하는 게 더 낫지 않을까 하고 생각했어요. 미래에 누릴 행복을 논할 때는 막 거창해져서 그렇지 사실 현재의 행복을 고르라 하면 정말 별 거 없지 않나요? 시에서처럼 자고 싶을 때 자고 먹고 싶을 때 먹고 그럴 때 우리 정말 행복하잖아요. 저는 그런 소소한 행복이 모여서 큰 행복이 된다고 생각해요. 곧 고3이 되고 진로, 입시 관해서 고민이 많을 텐데 스트레스 받는 상황 속에서도 행복은 멀리 있지 않다는 걸 잊지 말았으면 해요. 입시 때문에 고통 받는 순간도 긴 인생에서 보면 결국 짧은 순간일 뿐이니까요. 민주 후배님! 민주 후배님이 생각한 것처럼 세상에서 제일 행복한 사람이 되길 바라요. 더불어 좋은 결과도 함께하길 바랄게요.

졸업하고 싶다

째깍째깍
지금은 밤 10시 30분

거리에는 온통
다른 교복 다른 가방
똑같은 표정의 학생들

삼삼오오 하하 호호 웃지만
어딘가 쓸쓸해 보이는 얼굴들

나 또한 다르지 않다는 생각에
무거워지는 발걸음

어느샌가 익숙해진
마지막 버스

해보다 달이 익숙한 우리들

이럴 때마다 생각하는 말
졸업하고 싶다

매일 똑같은 일상을 살아가는 학생들. 아침에 누구보다 일찍 나와서 밤에는 누구보다 늦게 들어가는 생활에 익숙해져 가는 모습이 안쓰럽다. 항상 무표정에 지친 얼굴로 집으로 가는 버스를 기다리는 학생들의 모습을 보면서 불쌍하다는 생각을 종종 했다. 하지만 동시에 나와 같은 처지의 학생이 많다는 사실에 위로를 받기도 한다. 그래서 더 많은 학생들에게 위로를 해 주고 싶은 마음에 이 시를 쓰게 되었다. 이 시를 쓸 때 내가 보고 느낀 장면을 최대한 솔직하게 표현하기 위해서 많은 노력을 했다. 내 시가 나와 비슷한 처지의 학생들에게 조금이라도 힘이 되었으면 좋겠다.

후배 **이상운**

학교를 마치고 집에 가는 상황이 나와 매우 비슷했기에 이 시가 끌렸고 시 속의 상황이 좀 더 이해가 더 잘 되었다. 내가 이 시를 읽을 때 인상적인 구절이 두 부분 있었는데 우선 '해보다 달이 익숙한 우리들'이다. 집에 갈 때마다 해가 지고 달이 떠 있는 것을 어느 순간부터 너무 당연히 여기게 되었다. 요즘 들어 생각도 못하고 있다가 이 구절을 읽으니 아차 싶었다. 다음으로는 '졸업하고 싶다'이다. 이 구절을 읽으니 이 시를 쓴 선배가 지금은 3학년이 되어 무슨 생각을 하고 있을지는 모르지만 지금 2학년인 우리와 생각이 비슷할 것 같다는 것을 느꼈다. 마지막 구절을 읽으면서 나 또한 빨리 졸업해 사회에 나가서 돈도 벌고 여행도 다니고 싶다는 생각을 했던 것이 생각났다. 지금 3학년이 된 선배는 아직 같은 생각일지 궁금하고 내가 3학년이 되면 생각이 달라질까라는 의문도 들었다. 친구들을 만나고 학교생활이 즐거워도 빨리 졸업하고 싶다는 생각이 드는데 3학년이 되면 그 생각이 달라질까?

선배 **김민서**

상윤아, 많은 시들 중에 내가 적은 시를 골라 줘서 고맙다는 말을 먼저 하고 싶어. 네가 적은 글을 보니까 내가 시를 적으면서 했던 생각들을 그대로 하고 있어서 신기하기도 했지만 한편으로는 안타까운 마음도 들었어. 나도 집에 갈 때 항상 어두웠다는 사실을 이 시를 적으면서 느끼고 떠올랐거든. 항상 집에 가려고 할 때마다 어두워서 너무 당연하게 여기고 있었던 거지. 3학년이 되어서도 졸업하고 싶다는 마음은 여전하지만 작년이랑 다르게 느껴지는 부분이 많은 것 같아. 전에는 '졸업' 하면 매일 일찍 나가고 늦게 들어오는 일상을 그만할 수 있어서 졸업하고 싶었는데 지금은 졸업보다는 수능을 끝내고 싶다는 마음이 제일 커. 빨리 끝내고 편하게 놀고 싶다는 생각을 매일 하는 것 같아. 막상 졸업을 하면 새로운 학교에 가서 이전과는 다른 사람들을 만나고 다른 공부를 해야 한다는 게 낯설어서 그런지 졸업한다는 게 전처럼 막 반갑지만은 않아. 그렇다고 해서 계속 여기에 있고 싶은 건 또 아니고. 진짜 졸업을 하면 어떨까? 새로운 세상일까? 두려운 세상일까? 나도 잘 모르겠다. 일단 우리, 나는 고3, 너는 고2인 오늘을 열심히 살아보자.

아빠의 빈자리

매일 아침 선잠에서 깨어
현관문 센서등 불빛에
부스스한 얼굴로 나와
아빠, 밥은 드셨어요

잠에 덜 깬 눈으로
내 목소리에 환하게 입꼬리부터 웃으시며
문 밖을 나서는 가벼운 듯 무거운 발걸음

가끔 점심을 같이 먹자는 전화에
학원 핑계로 시간 없다며 둘러대는 아들
서운한 목소리로
다음에 먹지 뭐

아빠와 함께 소풍을 갔다 온 지 5년
가족이 놀러 가도 언제나 비어 있는
아빠의 빈자리
누구도 어떻게 채울 수 없는
아빠의 빈자리

집에 돌아와 안마의자에

222 젊은 시인의 교실 2 원더풀

누워 계신 아빠를 보니
콧등에 내린 안경
처진 눈, 코, 입.

작가의 말

매일 아침 일찍 일어나서 서둘러 나가시는 아버지를 보고 떠오른 생각을 이 시에 담아 보았습니다. 평소에 보는 아빠의 모습을 적었기 때문에 이 시를 쓰면서 참 가슴이 북받쳐 올라온 적이 많았습니다. 특히 마지막에 아버지가 안마의자에 앉아 계시는 모습을 어떻게 표현하다 지친 아버지의 모습이 떠올라 힘들었습니다. 제가 존경하는 아버지가 보고 싶습니다. 저는 커서 꼭 우리 아버지 같은 사람이 될 것입니다.

후배 이영아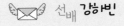

　시를 읽으면서 우리 부모님 생각이 많이 났다. 시에서 '아빠와 함께 소
풍을 갔다 온 지 5년'이라는 부분과 '가끔 점심을 같이 먹자는 전화에 학
원 핑계로 시간이 없다며 둘러대는 아들'이라는 부분이 나의 경험과 비슷
하다고 느꼈다. 친구와 있을 때 가족끼리 밥 먹자고 하면 괜히 학원이 있
다고 거짓말을 했었다. 그땐 더 놀고 싶은 마음에 그랬겠지만 지금 생각
하니 '부모님이 얼마나 서운하셨을까?', '내가 부모님과 함께할 수 있는
시간이 얼마나 될까?', '그냥 가족들이랑 즐거운 시간을 보낼걸'이라는 생
각이 든다. 내가 밖에서 친구랑 논다고 바쁠 때 부모님은 나에게 맛있는
거 사 주시려 외식하자고 한 것일텐데 괜히 미안해진다. 어릴 땐 가족들
과 자주 놀러갔는데 지금은 나도 학업에 바쁘고 부모님도 일하시느라 바
빠서 우리 가족도 함께 놀러간 지 5년은 된 거 같아 조금 슬프다. 가만히
생각해 보니 부모님은 늘 나를 위해서 사셨는데 난 부모님을 위해 해 드린
게 없었다. 물질적인 것은 못 해드리더라도 부모님을 도와 집안일을 하여
도와드리거나, 적어도 부모님과 더 많은 시간을 보내기 위해 노력해야겠
다. 시를 읽은 것뿐인데 평소 나의 모습과 우리 가족을 돌아보게 되었다.

선배 강하빈

　영아야 안녕. 네 덕에 나도 내 시를 다시 읽어 보게 되었어.
　이 시를 다시 읽고 너의 감상을 또 한번 읽어 보니 나랑 비슷한 감정을
가지고 있는 것 같아. 공감해 줘서 너무 고마워. 나는 사실 이 시를 쓰기
전에도 가족에 대한 미안한 마음이 있었어. 그런데 이 시를 쓰면서 그 마

음이 더욱 많이 커졌어. 그리고 한동안 또 잊고 지냈는데, 네 글을 읽고 나니 시를 쓰던 때의 그 마음이 다시 살아난다. 더 크게 말야. 아무튼 나는 요즘은 아버지랑 같이 놀러도 가고 대화도 많이 하면서 최대한 많은 시간을 보내려고 해. 아버지와의 시간은 함께할수록 더욱 좋고, 함께할수록 더 많이 아쉽기도 하더라. 참 이상하지? 너도 부모님과 최대한 많은 시간을 보내고 다정한 대화를 나눴으면 좋겠다. 가족의 자리를 꼭 채워 지켜줘.

참 닮은 우리

김가은

머리를 말리다가
젖은 수건을 보고 든 생각
우리 참 닮았구나

머리를 말리느라, 손을 닦느라
물기 가득 축축 처진 수건
수업 듣느라, 숙제 하느라
피곤 가득 축축 처진 나

새벽까지 혼자 깨어
수행평가 할 때면
수건에서 떨어진 물처럼
나의 눈물도 툭

아, 따뜻한 햇살 아래서
나도 온몸을 말리고 싶다
햇볕 잘 드는 날만을 기다리는
참 닮은 우리

작가의 말

요새는 매일이 울고 싶은 날의 연속이었다. 졸음을 참으면서 새벽까지 숙제를 하다 보면 더 그랬다. 어느날 아침, 문득 수건의 모습을 보고 동질감을 느낀 나는 수건과 나, '우리'의 모습을 글로 써 보고 싶어졌다. 이 시는 나같이 힘든 일상에 지친 사람들을 위한 위로다. 우리 모두 뽀송하게 마를 수 있는 '햇볕 잘 드는 날'을 기다려 보자.

후배 **박종하**

6월이 시작되고 나서 나는 수행평가 폭탄과 시험공부, 대회준비까지 정말 해야 할 게 너무 많다. 오랜만에 빡세게 공부를 하려고 하니 나도 젖은 수건처럼 축 늘어지는 것 같다. 선배처럼 눈물 날 정도로 공부를 하지는 않았지만 곧 느낄 수도 있을 것 같아서 벌써 눈물이 떨어진다. 공부를 하다가 잠깐 쉴 때 밖을 보면 날씨가 좋은 날이 엄청 많이 있다. 학원을 갈 때도 정말 뛰어 놀고 싶은, 여행 가고 싶은 날씨를 많이 보았다. 그럴 때마다 다 접고 어디든 가서 햇볕을 맞으며 여유로운 시간을 보내고 싶다. 지금 이렇게 힘든 시간을 보내는 것도 언젠가는 햇볕 잘 드는 날만을 기다리고 있기 때문인 건 아닐까? 그 날을 위해 나도 선배도 견디며 공부를 하고 있는 것일 테다. 여유롭게 햇볕을 잘 받는 우리의 날을 기다리면서.

선배 **김가은**

종하야, 내 시를 읽어 줘서 고마워. 작년에 가장 힘들었을 때 쓴 시인데 이렇게 네게 공감을 받으니 쑥스럽기도 하고 기쁘기도 하다. 2학년 생활이 생각보다 많이 힘들지? 그렇지만 그 가운데 다짐하는 네 모습이 참 멋지기도 하다. 2학년 생활 힘내고, 힘들 때 내 시가 네게 위로가 되었으면 좋겠어. 우리 같이 여유롭게 햇볕을 받는 날을 기다려 보자.

시꺼먼 양말

이민경

내 일상을 포기하고
아르바이트를 하고 올 때면

나의 흰 양말은
언제 그랬냐는 듯
시꺼메진 채로 나를 올려다본다.

양말 속 활짝 웃는 이모티콘은
나를 보고 비웃는 건지
나를 불쌍히 여기는 건지

가만히 있어도
이리저리 치이는 이곳
그래도 나를 봐주는 건
양말뿐

작가의 말

평소에 아무런 고민이 없어 보이는 사람이어도 이야기를 들어 보면 깊거나 얕은 고민이 있
었던 것 같다. 요즘 들어서 부쩍 주변 친구들이나 아는 사람들이 여러 생각 때문에 힘들어
하는 것을 많이 듣는다. 그럴 때마다 무슨 말로 위로해 주어야 좋을지 쉽게 말이 나오지 않
았었는데 내가 해결할 수는 없지만 응원하고 싶다는 생각으로 시를 써 보았다. 특히 진로에
고민이 많은 친구들이 힘냈으면 좋겠다!

후배 황지민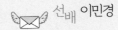

　지금의 나는 학교 – 학원-집의 반복되는 일상을 살고 있다. 이 시의 화자가 그 누구보다 바쁘게 살고 있는 상황 속에서 쉽게 지나칠 수 있는 사소한 대상인 양말을 가지고 시를 쓴 게 인상 깊었다. 나는 평소에 하루가 끝나면 양말을 그냥 벗어 던지기만 했지, 관심을 가져 본 적이 없었다. 하지만 생각해 보면 양말은 나의 고생을 가장 잘 지켜봤을 뿐만 아니라 나와 함께 고생한 친구와 같은 존재다. 그러나 나는 양말과 같은 일상생활에 관련된 대상에 관심이 없었다. 시를 읽고서는 모든 것에 소중함을 부여하는 사람이 되도록 노력해야겠다고 느꼈다. 이 시의 화자처럼 나도 친구의 고민을 들어 준 경험이 많은데, 해 줄 말이 없어서 그냥 대답을 안 했던 적이 꽤 있었다. 물론 그들에게 내가 실질적인 도움을 줄 수 없을 수도 있지만 앞으로 그들을 만난다면 꼭 잘 되라는 말과 함께 진심으로 응원하는 마음을 표시하고 싶다. 지금 이 순간을 살고 있는 사람들은 하나씩의 걱정거리를 가지고 있을 것이다. 나는 모두가 각자의 시련을 극복할 수 있다고 생각하고, 열심히 헤쳐 나가기를 바란다. 나도 누군가에게 약간의 도움을 줄 수 있는 사람이 되고 싶다.

선배 이민경

　알바를 안 해 본 것 같은데도 내 시를 보고 이해해 주니까 신기하네. 너는 어떤 색의 양말을 좋아하는지 모르겠지만 나는 흰 양말을 정말 좋아해. 흰 양말을 신으면 내 마음도 깨끗해지는 것 같거든. 그래서 일할 때도 외출할 때도 거의 흰 양말만 신어. 더러워져서 속상할 걸 알면서도 신고 있는 그 순간이 좋으니까. 네가 앞으로 할 일이 힘들고 어려울 수 있지만 그 순간을 즐겼으면 좋겠어. 시간과 결과에 너무 목메여서 형식적인 삶을 살지 말고, 뻔한 일상 속에서도 작은 행복들을 발견하면서 네가 하고 싶은 거 다 하면서 살았으면 좋겠어. 흰 양말처럼 깨끗한 마음으로 항상 응원할게.